鄉風市聲

鄉風市聲

魯迅 豐子愷 葉聖陶 等
錢理群 編

香港城市大學出版社
City University of Hong Kong Press

項目統籌	陳小歡
實習編輯	梁思敏（香港城市大學中文及歷史學系三年級）
	張琳鈺（香港城市大學亞洲及國際研究學系四年級）
書籍設計	蕭慧敏　*Création* 城大創意製作

本書簡體版由北京領讀文化傳媒有限責任公司出版，並經其授權出版。

國際統一書號：978-962-937-384-9

出版

　　香港城市大學出版社
　　香港九龍達之路
　　香港城市大學
　　網址：www.cityu.edu.hk/upress
　　電郵：upress@cityu.edu.hk

©2020 City University of Hong Kong

Rural and Urban

(in traditional Chinese characters)

ISBN: 978-962-937-384-9

Published by

　　City University of Hong Kong Press
　　Tat Chee Avenue
　　Kowloon, Hong Kong
　　Website: www.cityu.edu.hk/upress
　　E-mail: upress@cityu.edu.hk

Printed in Hong Kong

目錄

編輯説明

本「課堂外的讀本系列」由陳平原、錢理群、黃子平教授分別編選。

為了尊重原作，除了個別標點及明顯的排印錯誤外，本叢書的一些習慣用法及其措辭均依舊原文排印，其中個別不符合當下習慣者，請讀者諒解。

收聽有聲書方法

本書每篇文章均提供免費錄音，讀者可選擇以下其中一種方法收聽：

方法一： 以智能手機掃描文章右上角之二維碼（QR code），即可收聽該篇文章之錄音。

方法二： 登入 Youtube.com 網站：

    i. 搜尋 "CityUPressHK"；

    ii. 然後點擊 CityUPressHK 頻道；

iii. 進入 CityUPressHK 頻道後，點擊「播放清單」，然後選擇
【課堂外的讀本系列•鄉風市聲】，收聽有關文章的錄音。

方法三： 直接登入【課堂外的讀本系列•鄉風市聲】播放清單網頁：

https://www.youtube.com/watch?v=nlo2bCgBbTk&list=PL7Jm9R068Z3sYlhO2AiLIElqmLRKln2kJ

序言

陳平原

　　據説，分專題編散文集我們是始作俑者，而且這一思路目前頗能為讀者接受，這才真叫「無心插柳柳成蔭」。當初編這套叢書時，考慮的是我們自己的趣味，能否暢銷是出版社的事，我們不管。並非故示清高或推卸責任，因為這對我們來説純屬「玩票」，不靠它賺名聲，也不靠它發財。説來好玩，最初的設想只是希望有一套文章好讀、裝幀好看的小書，可以送朋友，也可以擱在書架上。如今書出得很多，可真叫人看一眼就喜歡，願把它放在自己的書架上隨時欣賞把玩的卻極少。好文章難得，不敢説「野無遺賢」，也不敢説入選者皆「字字珠璣」，只能説我們選得相當認真，也大致體現了我們對二十世紀中國散文的某些想法。「選家」之事，説難就難，説易就易，這點如魚飲水，冷暖自知。

　　記得那是一九八八年春天，人民文學出版社約我編《林語堂散文集》。此前我寫過幾篇關於林氏的研究文章，編起來很容易，可就是沒興致。偶然説起我們對二十世紀中國散文的看法，以及分專題編一套小書的設想，沒想到出版社很欣賞。這樣，一九八八年暑假，錢理群、黃子平和我三人，又重新合作，大熱天悶在老錢那間十平方米的小屋裏讀書，先擬定體例，劃分專題，再分頭選文；讀到出乎意料之外的好文章，當即「奇文共欣賞」；不過也淘汰了大批徒有虛名的「名作」。開始以為遍地黃金，撿不勝撿；可沙裏淘金一番，才知道好文章實在並不多，每個專題才選了那麼幾萬字，根本不夠原定的字數。開學以後又

泡圖書館，又翻舊期刊，到一九八九年春天才初步編好。接着就是撰寫各書的導讀，不想隨意敷衍幾句，希望能體現我們的趣味和追求，而這又是頗費斟酌的事。一開始是「玩票」，愈做愈認真，變成撰寫二十世紀中國散文史的準備工作。只是因為突然的變故，這套小書的誕生小有周折。

對於我們三人來説，這遲到的禮物，最大的意義是紀念當初那愉快的學術對話。就為了編這幾本小書，居然「大動干戈」，臉紅耳赤了好幾回，實在不夠灑脱。現在回想起來，確實有點好笑。總有人問，你們三個弄了大半天，就編了這幾本小書，值得嗎？我也説不清。似乎做學問有時也得講興致，不能老是計算「成本」和「利潤」。唯一有點遺憾的是，書出得不如以前想像的那麼好看。

這套小書最表面的特徵是選這廣泛和突出文化意味，而其根本則是我們對「散文」的獨特理解。從章太炎、梁啟超一直選到汪曾祺、賈平凹，這自然是與我們提出的「二十世紀中國文學」概念密切相關。之所以選入部分清末民初半文半白甚至純粹文言的文章，目的是借此凸現二十世紀中國散文與傳統散文的聯繫。魯迅説五四文學發展中「散文小品的成功，幾乎在小説戲曲和詩歌之上」（〈小品文的危機〉），原因大概是散文小品穩中求變，守舊出新，更多得到傳統文學的滋養。周作人

突出明末公安派文學與新文學的精神聯繫（〈雜拌兒跋〉和《中國新文學的源流》），反對將五四文學視為歐美文學的移植，這點很有見地。但如以散文為例，單講輸入的速寫（sketch）、隨筆（essay）和「阜利通」（feuilleton）[1] 固然不夠，再搭上明末小品的影響也還不夠；魏晉的清談、唐末的雜文、宋人的語錄，還有唐宋八大家乃至「桐城謬種選學妖孽」，都曾在本世紀的中國散文中產生過遙遠而深沉的回音。

面對這一古老而又生機勃勃的文體，學者們似乎有點手足無措。五四時輸出「美文」的概念，目的是想證明用白話文也能寫出好文章。可「美文」概念很容易被理解為只能寫景和抒情；雖然由於魯迅雜文的成就，政治批評和文學批評的短文，也被劃入散文的範圍，卻總歸不是嫡系。世人心目中的散文，似乎只能是風花雪月加上悲歡離合，還有一連串莫名其妙的比喻和形容詞，甜得發膩，或者借用徐志摩的話：「濃得化不開」。至於學者式重知識重趣味的疏淡的閒話，有點苦澀，有點清幽，雖不大容易為入世未深的青年所欣賞，卻更得中國古代散文的神韻。不只是逃避過分華麗的辭藻，也不只是落筆時的自然大方，這種雅致與瀟灑，更多的是一種心態、一種學養，一種無以名之但確能體會到

1.　阜利通：英文 feuilleton 的音譯，指短篇小品文。

的「文化味」。比起小說、詩歌、戲劇，散文更講渾然天成，更難造假與敷衍，更依賴於作者的才情、悟性與意趣——因其「技術性」不強，很容易寫，但很難寫好，這是一種「看似容易成卻難」的文體。

選擇一批有文化意味而又妙趣橫生的散文分專題彙編成冊，一方面是讓讀者體會到「文化」不僅凝聚在高文典冊上，而且滲透在日常生活中，落實為你所熟悉的一種情感，一種心態，一種習俗，一種生活方式；另一方面則是希望借此改變世人對散文的偏見。讓讀者自己品味這些很少「寫景」也不怎麼「抒情」的「閒話」，遠比給出一個我們認為準確的「散文」定義更有價值。

當然，這只是對二十世紀中國散文的一種讀法，完全可以有另外的眼光、另外的讀法。在很多場合，沉默本身比開口更有力量，空白也比文字更能說明問題。細心的讀者不難發現我們淘汰了不少名家名作，這可能會引起不少人的好奇和憤怒。無意故作驚人之語，只不過是忠實於自己的眼光和趣味，再加上「漫說文化」這一特殊視角。不敢保證好文章都能入選，只是入選者必須是好文章，因為這畢竟不是以藝術成就高低為唯一取捨標準的散文選。希望讀者能接受這有個性有鋒芒因而也就可能有偏見的「漫說文化」。

一九九二年九月八日於北大

導讀

錢理群

　　鄉風與市聲，似乎是古已有之的；在我們所說的二十世紀散文裏，卻別有一種意義：它與中國走出自我封閉狀態，打開通向世界的窗口，政治、經濟、文化全面現代化的歷史息息相關。隨着以上海為代表的現代化工業城市的出現，人們聽到了現代工業文明的喧囂的「市聲」。在廣大農村，儘管傳統「鄉風」依在，但小火輪、柴油輪畢竟駛進了平靜的小河，「潑刺刺地沖打那兩岸的泥土」，玷污了綠色的田野，無情地衝擊、改變着舊的「鄉景」與「鄉風」（茅盾〈鄉村雜景〉）。理論家們、歷史家們在「鄉風」與「市聲」的不和諧中看到了兩種文明的對抗，並且慨然宣佈：這是兩個中國——古老的農業文明的舊中國與現代工業文明的新中國之間的歷史大決戰，它們的消長起伏，將決定中國的命運，等等。

　　但中國的作家，對此作出什麼反應呢？一個有趣而發人深省的現象是：

　　當作家們作為關心中國命運的知識分子，對中國歷史發展道路作理性思考與探索時，他們幾乎是毫不猶豫地站在現代工業文明這一邊，對傳統農業文明進行着最尖銳的批判，其激烈程度並不亞於歷史學家與理論家們。但當他們作為一個作家，聽命於自己本能的內心衝動，慾求，訴諸於「情」，追求着「美」時，他們卻似乎忘記前述歷史的評價，而幾乎是情不自禁地對「風韻」猶存、卻面臨着危機的傳統農業文明唱起讚歌與輓歌來——這種情感傾向在我們所討論的描繪鄉風市聲的現代散

文裏表現得尤為明顯；這大概是因為現代散文最基本的特質乃是一種「個人文體」，最注重個性的表現，並「以抒情的態度作一切文章」（周作人：《雜拌兒·題記》）的緣故吧。而本能的，主觀的，情感、美學的選擇，是最能顯示中國作家某些精神特質的；我們正可以從這裏切入，對收入本集中的一些散文作一番考察。

請注意下面這段自白——

> 生長在農村，但在都市裏長大，並且在城市裏飽嘗了「人間味」，我自信我染着若干都市人的氣質；我每每感到都市人的氣質是一個弱點，總想擺脫，卻怎地也擺脫不下；然而到了鄉村住下，靜思默想，我又覺得自己的血液裏原來還保留着鄉村的「泥土氣息」。

說這話的正是中國都市文明第一部史詩《子夜》的作者茅盾。這似乎出人意料的表白，使我們想起了一個文學史的重要現象。許多現代中國作家都自稱「鄉下人」。沈從文自不消說，蘆焚在他的散文集《黃花苔》序裏，開口便說：「我是鄉下來的人。」李廣田在散文集《畫廊集》題記裏也自稱「我是一個鄉下人」，並且說：「我愛鄉間，並愛住在鄉間的人們，就是現在，雖然在這座大城裏住過幾年了，我幾乎還是像一個鄉下人一樣生活着，思想着，假如我所寫的東西裏尚未能脫除那點鄉下

氣，那也許就是當然的事體吧」，李廣田還提出了「鄉下人的氣分」的概念，以為這是他自己的以及他所喜歡的作品的「神韻」所在。大概用不着再多作引證，就可以說明，中國現代作家與中國的農村社會及農民的那種滲入血液、骨髓的廣泛而深刻的聯繫：生活方式、心理素質、審美情趣不同程度的「鄉土化」，無以擺脫的「戀土」情結等等。這種作家氣質上的「鄉土化」決定着中國現代文學的基本面貌，並且是現代文學發展道路的不可忽視的制約因素，是我們考察二十世紀中國文學所不可忽視的。

當然，無論說「鄉土化」，還是「戀土」情結，都不免有些籠統；它實際包含了相當豐富、複雜的內涵，是可以而且必須作多層次的再分析的。

說到「鄉風」，人們首先想到的是北京（北平）的風貌；最能顯示中國作家「戀土」情結的，莫過於對北京的懷念。在人們心目中，北京與其是現代化都市，不如說是農村的延長，在那裏，積澱着農業文明的全部傳統。土生土長於斯的老舍這樣談到「北京」──

　　假使讓我「家住巴黎」，我一定會和沒有家一樣的感到寂苦。巴黎，據我看，還太熱鬧。自然，那裏也有空曠靜寂的地方，可是又未免太曠；不像北平那樣既複雜而又有個邊際，使我能摸着──那長着紅酸棗的老城牆！面向着積水灘，背後是

城牆，坐在石上看水中的小蝌蚪或葦葉上的嫩蜻蜓，我可以快樂的坐一天，心中完全安適，無所求也無可怕，像小兒安睡在搖籃裏。……

　　……北平在人為之中顯出自然，幾乎是什麼地方既不擠得慌，又不太僻靜：最小的胡同裏的房子也有院子與樹；最空曠的地方也離買賣街與住宅區不遠。……北平的好處不在處處設備得完全，而在它處處有空兒，可以使人自由的喘氣；不在有好些美麗的建築，而在建築的四圍都有空閒的地方，使它們成為美景……

老舍在北京捕捉到的，是「像小兒安睡在搖籃」裏的温暖，安穩，舒適的「家」的感覺；所覓得的，是大「自然」中空間的「自由」與時間的「空閒」；「家」與「自然」恰恰是農業傳統文明的出發與歸宿。這正是老舍這樣的中國作家所迷戀、追懷的；老舍把他對北京的愛比作對母親的愛，是內含着一種「尋找歸宿」的慾求的。

　　另一位著名的散文家郁達夫，他在同為古城的揚州，苦苦追尋而終不可得的，也是那一點田園的詩意，他一再地吟誦「十年一覺揚州夢」的詩句，覺得這裏「荒涼得連感慨都教人抒發不出」，是充滿着感傷情調的。具有藝術家敏感的豐子愷從二十年來「西湖船」的四次變遷裏，也發現了傳統的恰如其分的，和諧的「美」的喪失，與此同時，他又感

到了「營業競爭的壓迫」與他稱之為「世紀末的痼疾」——與傳統詩意格格不入的「頹廢精神」的浸入，他以為這是「時代的錯誤」，因而感覺着「不調和的可悲」。正是由這不可排解的「失落感」，形成了現代散文的「尋找」模式——尋找失去了的過去，尋找一去不返的童年，尋找不復重複的舊夢……既是題材，又是結構，更是一種心態、調子。

可以想見，這些已經「鄉土化」了的、懷着不解的「戀土」情結的中國作家，一旦被生活拋入了現代化大工業城市，會有怎樣的心境、感覺，他們將作出怎樣的反應。於是，我們在描寫以上海為代表的現代城市的一組散文裏，意外地發現了（聽見了）相當嚴峻的調子。儘管角度不一：有的寫大城市的貧民窟，表現對帝國主義入侵者盤剝者的憎恨（王統照）；有的寫交易所「小小的紅色電光的數目字是人們創造」，卻又「成為較多數人的不可測的『命運』」（茅盾）；有的寫夜上海賭場的「瞬息悲歡，倏忽成敗」的人生冒險，以及「冒險中的孤獨」（柯靈）……，但否定性的傾向卻驚人的一致。只有周作人的「否定」別具一種眼光；他不僅批判上海「文化是買辦流氓與妓女的文化」，更發現「上海氣的基調即是中國固有的（封建傳統文化的）『惡化』」（〈上海氣〉）；他是希望實現中國文化的真正現代化的。柯靈的〈夜行〉也是值得注意的。他似乎發現了別一個寧靜的夜上海；據說「煩囂的空氣使心情浮躁，繁複的人事使靈魂粗糙，醜惡的現實磨損了人的本性，只是到了這個時刻，

才像暴風雨後經過澄濾的湖水，雲影天光，透着寧靜如鏡的清澈」。但當他到街頭小店去尋找「悠然自得的神情」，「恍惚回到了遼遠的古代」的感覺時，他就於無意中透露了他嚮往的依然是一個「城市裏的鄉村」世界，他醉心的仍舊是傳統的「靜」的文明。真正能夠感受與領悟現代工業文明的「美」的，好像唯有張愛玲；儘管茅盾也曾宣佈「都市美和機械美我都讚美」，但這大多是一種理性的分析，張愛玲卻是用自己的心去貼近、應和現代大都市脈搏的跳動的。只有張愛玲才會如此深情地宣稱：「我喜歡聽市聲。比我較有詩意的人在枕上聽松濤，聽海嘯，我是非得聽見電車響才睡得着覺的」；這裏傳達的顯然是異於「鄉下人」的現代都市人的心理狀態與習慣，但再往深處開掘，我們又聽到了如下心理剖析──

　　我們的公寓鄰近電車廠，可是我始終沒弄清楚電車是幾點鐘回家。「電車回家」這句子彷彿不很合適──大家公認電車為沒有靈魂的機械，而「回家」兩個字有着無數的情感洋溢的聯繫。但是你沒看見過電車進廠的特殊情形罷？一輛銜接一輛，像排了隊的小孩，嘈雜，叫囂，愉快地打着啞嗓子的鈴：「克林，克賴，克賴！」吵鬧之中又帶着一點由疲乏而生的馴服，是快上牀的孩子，等着母親來刷洗他們。……有時候，電車全進了廠了，單剩下一輛，神秘地，像被遺棄了似的，停在街

心。從上面望下去，只見它在半夜的月光中坦露着白肚皮（〈公寓生活記趣〉）。

原來張愛玲所要捕捉的，也是「家」的温暖，親切與安詳，她在文化心理上的追求，與老舍竟有如此地相通；但「家」的意象在她的情緒記憶裏，喚起的是「孩子」的「吵鬧」的動態，以及「由疲乏而生的馴服」的安靜，而不復是老舍的「母親」的愛撫與召喚，這其間的差異也是頗值得玩味的。

我們所面對的正是這樣一個饒有興味的文化現象；中國作家可以比較迅速、也相對容易地接受外來的文化觀念、方法，並因此而喚起對傳統文化觀念、方法的批判熱情；但一旦進入不那麼明確，有些含糊，似乎是說不清的，但卻是更深層次的文化心理、審美情趣……這些領域，他們就似乎很難抵禦傳統的誘惑。對這類現象，簡單地作「復古」、「懷舊」等否定性價值判斷，固然十分痛快，但似乎並不解決問題。這裏不僅涉及文化心理、審美情趣的民族性，而且也與如何認識人的一些本能的慾求有關聯；魯迅就說過，「人多是『生命之川』中的一滴，承着過去，向着未來。倘不是真的特出到異乎尋常的，便都不免並含着向前和反顧」（《集外集拾遺·〈十二個〉後記》），這就是說，「人」在生命的流動中，本能地就存在「向前」與「反顧」兩種對立而又統一的心理、情感慾求，在這個意義上可以說所謂「懷舊」心理、情緒是出於人的本

性的。魯迅在他的散文集《朝花夕拾》小引裏，談到「思鄉的蠱惑」時，曾作了這樣的心理分析——

> 我有一時，曾經屢次憶起兒時在故鄉所吃的蔬果：菱角，羅漢豆，茭白，香瓜。凡這些，都是極其鮮美可口的；都曾是使我思鄉的蠱惑。後來我在久別之後嘗到了，也不過如此；唯獨在記憶上，還有舊來的意味留存。他們也許要哄騙我一生，使我時時反顧。

明知是「哄騙」，卻仍要「時時反顧」，這執拗的眷戀，是相當感人而又意味深長的。讀者如從這一角度去欣賞收入本集的一些「思鄉」之作，例如葉聖陶的〈藕與蓴菜〉，周作人的〈石板路〉，大概是可以品出別一番滋味的。

事實上，對於有些中國現代作家，所謂「戀土」情結，實質上是對他們理想中的健全的人性與生命形態的一種嚮往與追求。在這方面，最具有代表性的，大概要算沈從文。他在《湘行散記》裏談到他所鍾愛的「鄉下人」時，這樣寫道：「從整個說來，這些人生活都彷彿同『自然』正相融合，很從容的各在那裏盡其性命之理，與其他無生命物質一樣，唯在日月升降寒暑交替中放射，分解。」沈從文醉心的，顯然是人性的原生狀態，與「自然」相融合的，和諧而又充滿活潑的生命力的生命形

態。在沈從文看來，這樣的原始人性與生命形態正是「存在」（積澱）於普通的「鄉下人」身上，中國的「鄉土」之中。於是，我們在收入本集的〈鴨窠圍的夜〉裏，讀到了如下一段文字——

> 黑夜佔領了全個河面時，還可以看到木筏上的火光，吊腳樓窗口的燈光，以及上岸下船在河岸大石間飄忽動人的火炬紅光。這時節岸上船上都有人說話，吊腳樓上且有婦人在黯淡燈光下唱小曲的聲音，每次唱完一支小曲時，就有人笑嚷。什麼人家吊腳樓下有匹小羊叫，固執而且柔和的聲音，使人聽來覺得憂鬱。……

> ……這些人房子窗口既一面臨河，可以憑了窗口呼喊河下船中人，當船上人過了癮，胡鬧已夠，下船時，或者尚有些事情囑托，或有其他原因，一個晃着火炬停頓在大石間，一個便憑立在窗口，「大老你記着，船下行時又來」。「好，我來的，我記着的」。「你見了順順就說：會呢，完了；孩子大牛呢，腳膝骨好了，細粉捎三斤，冷糖捎三斤」。「記得到，記得到，大娘你放心，我見了就說：會呢，完了。大牛呢，好了。細粉來三斤，冰糖來三斤」。「楊氏，楊氏，一共四吊七，莫錯帳！」「是的，放心呵」你說「四吊七就四吊七，年三十夜莫會要你

多的！你自己記着就是了！」這樣那樣的說着，我一一皆可聽到，而且一面還可以聽着在黑暗中某一處咩咩的羊鳴。——

在小羊「固執而且柔和的聲音」與鄉民平常瑣碎的對話之間，存在着一種和諧；這河面雜聲卻喚起了一種寧靜感——這是動中之靜，變中之不變，凝聚着和歷史、文明、理念都沒有關係的永恆。作家以憂鬱、柔和的心態去觀照這一切，就感到了某種神聖的東西。沈從文說，這裏「交織了莊嚴與流動，一切真是一個聖境」（〈一個多情水手與一個多情婦人〉）。

另一位經歷、風格與沈從文很不同的詩人馮至，也從「還沒有被人類的歷史所點染過的自然」裏，感受到了「無限的永恆的美」。他大聲疾呼：「對於山水，我們還給它們本來的面目吧。我們不應該把些人事摻雜在自然裏面，……在人事裏，我們盡可以懷念過去；在自然裏，我們卻願意它萬古長新」（《山水・後記》）。於是，在馮至筆下出現了〈一個消逝了的山村〉，這裏的森林「在洪荒時代大半就是這樣。人類的歷史演變了幾千年，它們卻在人類以外，不起一些變化，千百年如一日，默默地對着永恆」；這裏的山路「是二三十年來經營山林的人們一步步踏出來的，處處表露出新開闢的樣子，眼前的濃綠淺綠，沒有一點歷史的重擔」；這裏也曾有過山村，「它像是一個民族在這世界裏消亡了，隨着它一起消亡的是它所孕育的傳說和故事」，人們「沒有方法去追尋它們，

只有在草木之間感到一些它們的餘韻」，詩人果真從這裏的鼠麴草，菌子，加利樹，以至幻想中「在莊嚴的松林裏散步」時「不期然地」在「對面出現」的鹿，得到了生命的「滋養」；於是，「在風雨如晦的時刻，我踏着那村裏的人們也踏過的土地，覺得彼此相隔雖然將及一世紀，但在生命的深處，卻和他們有着意味不盡的關連」……。這裏也是從「生命」的層次超越時空與一切人為的界限，達到了人與自然，今人與古人的融和；對於「鄉風、山景」的這類「發現」，確實是「意味不盡」的。

　　當然，在二十世紀中國散文中，更多的還是社會學意義上的「發現」；讀者是不難從收入本集的茅盾「戰時城鎮風光」速寫〈成都——「民族形式」的大都會〉、〈「戰時景氣」的寵兒——寶雞〉，以及賈平凹新時期鄉風長卷〈白浪街〉、〈秦腔〉裏，看到中國鄉村的變革，社會歷史的變遷的。與前述沈從文、馮至的文字相比，自是有另一番風致與韻味。至於收入本集的許多散文，所展示的北京、上海、青島、南京、揚州、杭州、廣州、福州、重慶、成都……等大中城市的不同個性，南、北農村的特異風光，獨立的美學價值之外，還具有特殊的民俗學價值，這也是自不待言的。由此而展現的散文藝術多元化發展的前景，也許更加令人鼓舞——儘管讀者對收入本集的散文，即使在風格多樣化方面，仍然會感到某種遺憾。

一九八九年五月廿三日寫畢

想北平

老舍

　　設若讓我寫一本小說，以北平作背景，我不至於害怕，因為我可以撿着我知道的寫，而躲開我所不知道的。讓我單擺浮擱的講一套北平，我沒辦法。北平的地方那麼大，事情那麼多，我知道的真覺太少了，雖然我生在那裏，一直到廿七歲才離開。以名勝説，我沒到過陶然亭，這多可笑！以此類推，我所知道的那點只是「我的北平」，而我的北平大概等於牛的一毛。

　　可是，我真愛北平。這個愛幾乎是要説而説不出的。我愛我的母親。怎樣愛？我説不出。在我想作一件事討她老人家喜歡的時候，我獨自微微的笑着；在我想到她的健康而不放心的時候，我欲落淚。言語是不夠表現我的心情的，只有獨自微笑或落淚才足以把內心揭露在外面一些來。我之愛北平也近乎這個。誇獎這個古城的某一點是容易的，可是那就把北平看得太小了。我所愛的北平不是枝枝節節的一些什麼，而是整個兒與我的心靈相黏合的一段歷史，一大塊地方，多少風景名勝，從雨後什剎海的蜻蜓一直到我夢裏的玉泉山的塔影，都積湊到一塊，每一小的事件中有個我，我的每一思念中有個北平，這只有説不出而已。

　　真願成為詩人，把一切好聽好看的字都浸在自己的心血裏，像杜鵑似的啼出北平的俊偉。啊！我不是詩人！我將永遠道不出我的愛，一種像由音樂與圖畫所引起的愛。這不但是辜負了北平，也對

不住我自己，因為我的最初的知識與印象都得自北平，它是在我的血裏，我的性格與脾氣裏有許多地方是這古城所賜給的。我不能愛上海與天津，因為我心中有個北平。可是我說不出來！

倫敦，巴黎，羅馬與堪司坦丁堡，曾被稱為歐洲的四大「歷史的都城」。我知道一些倫敦的情形；巴黎與羅馬只是到過而已；堪司坦丁堡根本沒有去過。就倫敦，巴黎，羅馬來說，巴黎更近似北平——雖然「近似」兩字要拉扯得很遠——不過，假使讓我「家住巴黎」，我一定會和沒有家一樣的感到寂苦。巴黎，據我看，還太熱鬧。自然，那裏也有空曠靜寂的地方，可是又未免太曠；不像北平那樣既複雜而又有個邊際，使我能摸着——那長着紅酸棗的老城牆！面向着積水灘，背後是城牆，坐在石上看水中的小蝌蚪或葦葉上的嫩蜻蜓，我可以快樂的坐一天，心中完全安適，無所求也無可怕，像小兒安睡在搖籃裏。是的，北平也有熱鬧的地方，但是它和太極拳相似，動中有靜。巴黎有許多地方使人疲乏，所以咖啡與酒是必要的，以便刺激；在北平，有溫和的香片茶就夠了。

論說巴黎的佈置已比倫敦羅馬勻調的多了，可是比上北平還差點事兒。北平在人為之中顯出自然，幾乎是什麼地方既不擠得慌，又不太僻靜：最小的胡同裏的房子也有院子與樹；最空曠的地方也離買賣街與住宅區不遠。這種分配法可以算——在我的經驗中——天下第一了。北平的好處不在處處設備得完全，而在它處處有空兒，可以使人自由的喘氣；不在有好些美麗的建築，而在建築的四圍都有空閒的地方，使它們成為美景。每一個城樓，每一個牌樓，都可以從老遠就看見。況且在街上還可以看見北山與西山呢！

好學的，愛古物的，人們自然喜歡北平，因為這裏書多古物多。我不好學，也沒錢買古物。對於物質上，我卻喜愛北平的花多菜多果子多。花草是種費錢的玩藝，可是此地的「草花兒」很便宜，而且家家有院子，可以花不多的錢而種一院子花，即使算不了什麼，可是到底可愛呀！牆上的牽牛，牆根的靠山竹與草茉莉，是多麼省錢省事而也足以招來蝴蝶呀！至於青菜，白菜，扁豆，毛豆角，黃瓜，菠菜等等，大多數是直接由城外擔來而送到家門口的。雨後，韭菜葉上還往往帶着雨時濺起的泥點。青菜攤子上的紅紅綠綠幾乎有詩似的美麗。果子有不少是由西山與北山來的，西山的沙果，海棠，北山的黑棗，柿子，進了城還帶着一層白霜兒呀！哼，美國的橘子包着紙；遇到北平的帶霜兒的玉李，還不愧殺！

是的，北平是個都城，而能有好多自己產生的花，菜，水果，這就使人更接近了自然。從它裏面說，它沒有像倫敦的那些成天冒煙的工廠；從外面說，它緊連着園林，菜圃與農村。採菊東籬下，在這裏，確是可以悠然見南山的；大概把「南」字變個「西」或「北」，也沒有多少了不得的吧。像我這樣的一個貧寒的人，或者只有在北平能享受一點清福了。

好，不再說了吧；要落淚了，真想念北平呀！

（選自《宇宙風》，1936 年第 19 期）

北平的四季

郁達夫

對於一個已經化為異物的故人，追懷起來，總要先想到他或她的好處；隨後再慢慢的想想，則覺得當時所感到的一切壞處，也會變作很可尋味的一些紀念，在回憶裏開花。關於一個曾經住過的舊地，覺得此生再也不會第二次去長住了，身處入了遠離的一角，向這方向的雲天遙望一下，回想起來的，自然也同樣地只是它的好處。

中國的大都會，我前半生住過的地方，原也不在少數；可是當一個人靜下來回想起從前，上海的鬧熱，南京的遼闊，廣州的烏煙瘴氣，漢口武昌的雜亂無章，甚至於青島的清幽，福州的秀麗，以及杭州的沉着，總歸都還比不上北京——我住在那裏的時候，當然還是北京——的典麗堂皇，幽閒清妙。

先説人的分子吧，在當時的北京——民國十一二年前後——上自軍財閥政客名優起，中經學者名人，文士美女教育家，下而至於負販拉車鋪小攤的人，都可以談談，都有一藝之長，而無憎人之貌；就是由薦頭店薦來的老媽子，除上炕者是當然以外，也總是衣冠楚楚，看起來不覺得會令人討嫌。

其次説到北京物質的供給哩，又是山珍海錯，洋廣雜貨，以及蘿蔔白菜等本地產品，無一不備，無一不好的地方。所以在北

京住上兩三年的人，每一遇到要走的時候，總只感到北京的空氣太沉悶，灰沙太暗淡，生活太無變化；一鞭出走，出前門便覺胸舒，過蘆溝方知天曉，彷彿一出都門，就上了新生活開始的坦道似的；但是一年半載，在北京以外的各地——除了在自己幼年的故鄉以外——去一住，誰也會得重想起北京，再希望回去，隱隱地對北京害起劇烈的懷鄉病來。這一種經驗，原是住過北京的人，個個都有，而在我自己，卻感覺得格外的濃，格外的切。最大的原因或許是為了我那長子之骨，現在也還埋在郊外廣誼園的墳山，而幾位極要好的知己，又是在那裏同時斃命的受難者的一群。

北平的人事品物，原是無一不可愛的，就是大家覺得最要不得的北平的天候，和地理聯合上一起，在我也覺得是中國各大都會中所尋不出幾處來的好地。為敍述的便利起見，想分成四季來約略地說說。

北平自入舊曆的十月之後，就是灰沙滿地，寒風刺骨的季節了，所以北平的冬天，是一般人所最怕過的日子。但是要想認識一個地方的特異之處，我以為頂好是當這特異處表現得最圓滿的時候去領略；故而夏天去熱帶，寒天去北極，是我一向所持的哲理。北平的冬天，冷雖則比南方要冷得多，但是北方生活的偉大幽閒，也只有在冬季，使人感受得最徹底。

先說房屋的防寒裝置吧，北方的住屋，並不同南方的摩登都市一樣，用的是鋼骨水泥，冷熱氣管；一般的北方人家，總只是矮矮的一所四合房，四面是很厚的泥牆；上面花廳內都有一張暖炕，一所迴廊；廊子上是一帶明窗，窗眼裏糊着薄紙，薄紙內又裝上風門，另外就沒有什麼了。在這樣簡陋的房屋之內，你只教把爐子一

生，電燈一點，棉門簾一掛上，在屋裏住着，卻一輩子總是暖烘烘像是春三四月裏的樣子。尤其會得使你感覺到屋內的溫軟堪戀的，是屋外窗外面嗚嗚在叫嘯的西北風。天色老是灰沉沉的，路上面也老是灰的圍障，而從風塵灰土中下車，一踏進屋裏，就覺得一團春氣，包圍在你的左右四周，使你馬上就忘記了屋外的一切寒冬的苦楚。若是喜歡吃吃酒，燒燒羊肉鍋的人，那冬天的北方生活，就更加不能夠割捨；酒已經是禦寒的妙藥了，再加上以大蒜與羊肉醬油合煮的香味，簡直可以使一室之內，漲滿了白濛濛的水蒸溫氣。玻璃窗內，前半夜，會流下一條條的清汗，後半夜就變成了花色奇異的冰紋。

到了下雪的時候哩，景象當然又要一變。早晨從厚棉被裏張開眼來，一室的清光，會使你的眼睛眩暈。在陽光照耀之下，雪也一粒一粒的放起光來了，蟄伏得很久的小鳥，在這時候會飛出來覓食振翎，談天説地，吱吱的叫個不休。數日來的灰暗天空，愁雲一掃，忽然變得澄清見底，翳障全無；於是年輕的北方住民，就可以營屋外的生活了，溜冰，做雪人，趕冰車雪車，就在這一種日子裏最有勁兒。

我曾於這一種大雪時晴的傍晚，和幾位朋友，跨上跛驢，出西直門上駱駝莊去過過一夜。北平郊外的一片大雪地，無數枯樹林，以及西山隱隱現現的不少白峰頭，和時時吹來的幾陣雪樣的西北風，所給與人的印象，實在是深刻，偉大，神秘到了不可以言語來形容。直到了十餘年後的現在，我一想起當時的情景，還會得打一個寒顫而吐一口清氣，如同在釣魚台溪旁立着的一瞬間一樣。

北國的冬宵，更是一個特別適合於看書，寫信，追思過去，與作閒談說廢話的絕妙時間。記得當時我們弟兄三人，都住在北京，每到了冬天的晚上，總不遠千里地走攏來聚在一道，會談少年時候在故鄉所遇所見的事事物物。小孩們上牀去了，傭人們也都去睡覺了，我們弟兄三個，還會得再加一次煤再加一次煤地長談下去。有幾宵因為屋外面風緊天寒之故，到了後半夜的一二點鐘的時候，便不約而同地會說出索性坐坐到天亮的話來。像這一種可寶貴的記憶，像這一種最深沉的情調，本來也就是一生中不能夠多享受幾次的曇花佳境，可是若不是在北平的冬天的夜裏，那趣味也一定不會得像如此的悠長。

　　總而言之，北平的冬季，是想賞識賞識北方異味者之唯一的機會；這一季裏的好處，這一季裏的瑣事雜憶，若要詳細地寫起來，總也有一部《帝京景物略》那麼大的書好做；我只記下了一點點自身的經歷，就覺得過長了，下面只能再來略寫一點春和夏以及秋季的感懷夢境，聊作我的對這日就淪亡的故國的哀歌。

　　春與秋，本來是在什麼地方都屬可愛的時節，但在北平，卻與別地方也有點兒兩樣。北國的春，來得較遲，所以時間也比較得短。西北風停後，積雪漸漸地消了，趕牲口的車夫身上，看不見那件光板老羊皮的大襖的時候，你就得預備着遊春的服飾與金錢；因為春來也無信，春去也無蹤，眼睛一眨，在北平市內，春光就會得同飛馬似的溜過。屋內的爐子，剛拆去不久，說不定你就馬上得去叫蓋涼棚的才行。

　　而北方春天的最值得記憶的痕跡，是城廂內外的那一層新綠，同洪水似的新綠。北京城，本來就是一個只見樹木不見屋頂的綠色

的都會，一踏出九城的門戶，四面的黃土坡上，更是雜樹叢生的森林地了；在日光裏顫抖着的嫩綠的波浪，油光光，亮晶晶，若是神經系統不十分健全的人，驟然間身入到這一個淡綠色的海洋濤浪裏去一看，包管你要張不開眼，立不住腳，而昏蹶過去。

北平市內外的新綠，瓊島春陰，西山抱翠諸景裏的新綠，真是一幅何等奇偉的外光派的妙畫！但是這畫的框子，或者簡直說這畫的畫布，現在卻已經完全掌握在一隻滿長着黑毛的巨魔的手裏了！北望中原，究竟要到哪一日才能夠重見得天日呢？

從地勢緯度上講來，北方的夏天，當然要比南方的夏天來得涼爽。在北平城裏過夏，實在是並沒有上北戴河或西山去避暑的必要。一天到晚，最熱的時候，只有中午到午後三四點鐘的幾個鐘頭，晚上太陽一下山，總沒有一處不是涼陰陰要穿單衫才能過去的；半夜以後，更是非蓋薄棉被不可了。而北平的天然冰的便宜耐久，又是夏天住過北平的人所忘不了的一件恩惠。

我在北平，曾經過過三個夏天；像什刹海，菱角溝，二閘等暑天遊耍的地方，當然是都到過的；但是在三伏的當中，不問是白天或是晚上，你只教有一張藤榻，搬到院子裏的葡萄架下或藤花陰處去躺着，吃吃冰茶雪藕，聽聽盲人的鼓詞與樹上的蟬鳴，也可以一點兒也感不到炎熱與薰蒸。而夏天最熱的時候，在北平頂多總不過九十四五度，這一種大熱的天氣，全夏頂多頂多又不過十日的樣子。

在北平，春夏秋的三季，是連成一片；一年之中，彷彿只有一段寒冷的時期，和一段比較得溫暖的時期相對立。由春到夏，是短

短的一瞬間，自夏到秋，也只覺得是過了一次午睡，就有點兒涼冷起來了。因此，北方的秋季也特別的覺得長，而秋天的回味，也更覺得比別處來得濃厚。前兩年，因去北戴河回來，我曾在北平過過一個秋，在那時候，已經寫過一篇《故都的秋》，對這北平的秋季頌讚過一道了，所以在這裏不想再來重複；可是北平近郊的秋色，實在也正像是一冊百讀不厭的奇書，使你愈翻愈會感到興趣。

秋高氣爽，風日晴和的早晨，你且騎着一匹驢子，上西山八大處或玉泉山碧雲寺去走走看；山上的紅柿，遠處的煙樹人家，郊野裏的蘆葦黍稷，以及在驢背上馱着生果進城來賣的農戶佃家，包管你看一個月也不會看厭。春秋兩季，本來是到處都好的，但是北方的秋空，看起來似乎更高一點，北方的空氣，吸起來似乎更乾燥健全一點。而那一種草木搖落，金風蕭殺之感，在北方似乎也更覺得要嚴肅，淒涼，沉靜得多。你若不信，你且去西山腳下，農民的家裏或古寺的殿前，自陰曆八月至十月下旬，去住它三個月看看。古人的「悲哉秋之為氣」以及「胡笳互動，牧馬悲鳴」的那一種哀感，在南方是不大感覺得到的，但在北平，尤其是在郊外，你真會得感至極而涕零，思千里兮命駕。所以我說，北平的秋，才是真正的秋；南方的秋天，不過是英國話裏所說的 Indian Summer 或叫作小春天氣而已。

統觀北平的四季，每季每節，都有它的特別的好處；冬天是室內飲食奄息的時期，秋天是郊外走馬調鷹的日子，春天好看新綠，夏天飽受清涼。至於各節各季，正當移換中的一段時間哩，又是別一種情趣，是一種兩不相連，而又兩都相合的中間風味，如雍和宮的打鬼，淨業庵的放燈，豐台的看芍藥，萬牲園的尋梅花之類。

五六百年來文化所聚萃的北平，一年四季無一月不好的北平，我在遙憶，我也在深祝，祝她的平安進展，永久地為我們黃帝子孫所保有的舊都城！

一九三六年五月廿七日

（選自《宇宙風》第 20 期，1936 年 7 月 1 日）

北京城雜憶

蕭乾

一、市與城

如今晚兒，刨去前門樓子和德勝門樓子，九城全拆光啦。提起北京，誰還用這個「城」字兒！我單單用這個字眼兒，是透着我頑固？還是想當個遺老？您要是這麼想可就全擰啦。

咱們就先打這個「城」字兒說起吧。

「市」當然更冠冕堂皇嘍，可在我心眼兒裏，那是個行政劃分，表示上頭還有中央和省哪。一聽「市」字，我就想到什麼局呀處呀的。可是「城」使我想到的是天橋呀地壇呀，東安市場裏的人山人海呀，大糖葫蘆小金魚兒什麼的。所以還是用「城」字兒更對我的心思。

我是羊管兒胡同生人，東直門一帶長大的。頭十八歲，除了騎車跑過趟通州，就沒出過這城圈兒。如今奔七十六啦，這輩子跑江湖也到過十來個國家的首都。哪個也比不上咱們這座北京城。北京「市」，大傢伙兒現下瞧得見，還用得着我來嘮叨！我專門說說北京「城」吧。

談起老北京來，我心裏未免有點兒嘀咕！說它壞，倒落不到不是。要是說它好，會不會又有人出來挑剔？其實，該好就是好，

該壞就是壞。用不着多操那份兒心。反正好的也說不壞，壞的說成好，也白搭。您說是不是這個理兒？

況且時代朝前跑啦。從前用手搖的，後來改用馬達了——現在都使上電子計算機啦。這麼一來，大傢伙兒自然就不像從前那麼閒在了。所以有些事兒就得簡單點兒。就說規矩禮數吧，從前講究磕頭，請安，作揖。那多耽誤時候！如今點個頭算啦。我贊成簡單點。您瞧，我這人不算老古板吧！

可凡事都別做過了頭。就拿「文明語言」來說吧。本來世界上哪國也比不上咱北京人講話文明。往日誰給幫點兒忙，得說聲「勞駕」；送點兒禮，得說「費心」；向人打聽個道兒，先說「借光」；叫人花了錢，說聲「破費」。光這一個「謝」字兒，就有多麼豐富、講究。

現在倒好，什麼都當「修」給反掉啦，鬧得如今北京人連聲「謝謝」也不會說了，還得政府成天在電匣子裏教，您說有多臊人呀！那簡直就像少林寺的大和尚連柔軟體操也練不利落了。

您說怎麼不叫我這老北京傷心掉淚兒！

二、京白

五十年代為了聽點兒純粹的北京話，我常出前門去趕相聲大會，還邀過葉聖陶老先生和老友嚴文井。現在除了說老段子，一般都用普通話了。雖然未免有點兒可惜，可我估摸着他們也是不得已。您想，現今北京城擴大了多少倍！兩湖兩廣陝甘寧，真正的老北京早成「少數民族」啦。要是把話說純了，多少人能聽得懂！印

成書還能加個注兒。台上演的，台下要是不懂，沒人樂，那不就砸鍋啦！

所以我這篇小文也不能用純京白寫下去啦。我得花搭着來——「花搭」這個詞兒，作興就會有人不懂。它跟「清一色」正相反：就是京白和普通話摻着來。

京白最講究分寸。前些日子從南方來了位楞小伙子來看我。忽然間他問我「你幾歲了？」我聽了好不是滋味兒。瞅見懷裏抱着的，手裏拉着的娃娃才那麼問哪。稍微大點兒，上中學的，就得問：「十幾啦？」問成人「多大年紀」。有時中年人也問「貴庚」，問老人「高壽」，可那是客套了，我贊成樸素點兒。

北京話裏，三十「來」歲跟三十「幾」歲可不是一碼事。三十「來」歲是指二十七八，快三十了。三十「幾」歲就是三十出頭了。就是誇起什麼來，也有分寸。起碼有三檔。「挺」好和「頂」好發音近似，其實還差着一檔。「挺」相當於文言的「頗」。褒語最低的一檔是「不賴」，就是現在常說的「還可以」。代名詞「我們」和「咱們」在用法上也有講究。「咱們」一般包括對方，「我們」有時候不包括。「你們是上海人，我們是北京人，咱們都是中國人。」

京白最大的特點是委婉。常聽人抱怨如今的售貨員說話生硬——可那總比帶理不理強哪。從前，你只要往櫃枱前頭一站，櫃枱裏頭的就會跑過來問：「您來點兒什麼？」「哪件可您的心意？」看出你不想買，就打消顧慮說：「您隨便兒看，買不買沒關係。」

委婉還表現在使用導語上。現在講究直來直去，倒是省力氣，有好處。可有時候猛孤丁來一句，會嚇人一跳。導語就是在說正話之前，先來上半句話打個招呼。比方說，知道你想見一個人，可他

走啦。開頭先説,「您猜怎麼着——」要是由閒話轉入正題,先説聲:「喂,説正格的——」就是希望你嚴肅對待他底下這段話。

委婉還表現在口氣和角度上。現在騎車的要行人讓路,不是按鈴,就是硬闖,最客氣的才説聲「靠邊兒」。我年輕時,最起碼也得説聲「借光」。會説話的,在「借光」之外,再加上句「濺身泥」。這就替行人着想了,怕髒了您的衣服。這種對行人的體貼往往比光喊一聲「借光」來得有效。

京白裏有些詞兒用得妙。現在誇朋友的女兒貌美,大概都説:「長得多漂亮啊!」京白可比那花哨。先來一聲「喲」,表示驚訝,然後才説:「瞧您這閨女模樣兒出落得多水靈啊!」相形之下,「長得」死板了點兒,「出落」就帶有「發展中」的含義,以後還會更美;而「水靈」這個字除了靜的形態(五官端正)之外,還包含着雅、嬌、甜、嫩等等素質。

名物詞後邊加「兒」字是京白最顯著的特徵,也是説得地道不地道的試金石。已故文學翻譯家傅雷是語言大師。五十年代我經手過他的稿子,譯文既嚴謹又流暢,連每個標點符號都經過周詳的仔細斟酌,真是無懈可擊。然而他有個特點:是上海人可偏偏喜歡用京白譯書。有人説他的稿子不許人動一個字。我就在稿中「兒」字的用法上提過些意見,他都十分虛心地照改了。

正像英語裏冠詞的用法,這「兒」字也有點兒捉摸不定。大體上説,「兒」字有「小」意,因而也往往帶有愛昵之意。小孩加「兒」字,大人後頭就不能加,除非是挖苦一個佯裝成人老氣橫秋的後生,説:「喝,你成了個小大人兒啦。」反之,一切龐然大物都加不得「兒」字,比如學校,工廠,鼓樓或衙門。馬路不加,可

「走小道兒」、「轉個彎兒」就加了。當然，小時候也聽人管太陽叫過「老爺兒」。那是表示親熱，把它人格化了。問老人「您身子骨兒可硬朗啊」，就比「身體好啊」親切委婉多了。

京白並不都娓娓動聽。北京人要罵起街來，也真不含糊。我小時，學校每年辦冬賑之前，先派學生去左近一帶貧民家裏調查，然後，按貧窮程度發給不同級別的領物證。有一回我參加了調查工作，剛一進胡同，就看見顯然在那巡風的小孩跑回家報告了。我們走進那家一看，哎呀，大冬天的，連牀被子也沒有，幾口人全蜷縮在炕角上。當然該給甲級嘍。臨出門，我多了個心眼兒，朝院裏的茅廁探了探頭。喝，兩把椅子上是高高一疊新棉被。於是，我們就要女主人交出那甲級證。她先是甜言蜜語地苦苦哀求。後來看出不靈了，繫了紅兜肚的女人就插腰橫堵在門坎上，足足罵了我們一刻鐘，而且一個字兒也不重，從三姑六婆一直罵到了動植物。

《日出》寫妓院的第三幕裏，有個傢伙罵了一句「我教你養孩子沒屁股眼兒」，咒得有多狠！

可北京更講究損人——就是罵人不帶髒字兒。挨聲罵，當時不好受。可要挨句損，能叫你噁心半年。

有一年冬天，我雪後騎車走過東交民巷，因為路面滑，車一歪，差點兒把旁邊一位騎車的仁兄碰倒。他斜着瞅了我一眼說：「嗨，別在這兒練車呀！」一句話就從根本上把我騎車的資格給否定了。還有一回因為有急事，我在人行道上跑。有人給了我一句：「幹嗎？奔喪哪！」帶出了惡毒的詛咒。買東西嫌價錢高，問少點兒成不成，賣主朝你白白眼說：「你留着花吧。」聽了有多窩心！

三、吃喝

一位二十年代在北京作寓公的英國詩人奧斯伯特‧斯提維爾寫過一篇《北京的聲與色》，把當時走街串巷的小販用以招徠顧客而做出的種種音響形容成街頭管弦樂隊，並還分別列舉了哪是管樂、弦樂和打擊樂器。他特別喜歡聽串街的理髮師（「剃頭的」）手裏那把鉗形鐵鉉。用鐵板從中間一抽，就會呲啦一聲發出帶點顫巍的金屬聲響，認為很像西洋樂師們用的定音叉。此外，布販子手裏的撥郎鼓和珠寶玉石收購商打的小鼓，也都給他以快感。當然還有磨剪子磨刀的吹的長號。他驚奇的是，每一樂器，各代表一種行當，而坐在家裏的主婦一聽，就準知道街上過的什麼商販。最近北京人民電台還廣播了阿隆‧阿甫夏洛穆夫以北京胡同音響為主題的交響詩，很有味道。

囿於語言的隔閡，洋人只能欣賞器樂。其實，更值得一提的是聲樂部分——就是北京街頭各種商販的叫賣。

聽過相聲《賣布頭》或《大改行》的，都不免會佩服當年那些叫賣者的本事。得氣力足，嗓子脆，口齒伶俐，咬字清楚，還要會現編詞兒，腦子快，能隨機應變。

我小時候，一年四季不論颳風下雨，胡同裏從早到晚叫賣聲沒個停。

大清早過賣早點的：大米粥呀，油炸果（鬼）的。然後是賣青菜和賣花兒的，講究把挑子上的貨品一樣不漏地都唱出來，用一副好嗓子招徠顧客。白天就更熱鬧了，就像把百貨商店和修理行業都拆開來，一樣樣地在你門前展銷。到了夜晚的叫賣聲也十分精彩。

「餛飩喂——開鍋！」這是特別給開夜車的或賭家們備下的夜宵，就像南方的湯圓。在北京，都說「剃頭的挑子，一頭熱」。其實，餛飩挑子也一樣。一頭兒是一串小抽屜，裏頭放着各種半製成的原料——皮兒餡兒和佐料兒，另一頭是一口湯鍋。火門一打，鍋裏的水就沸騰起來。餛飩不但當面煮，還講究現吃現包。講究皮要薄，餡兒要大。

從吆喝來說，我更喜歡賣硬面餑餑的：聲音厚實，詞兒樸素，就一聲「硬麵——餑餑」，光宣佈賣的是什麼，一點也不吹噓什麼。

可夜晚過的，並不都是賣吃食的。還有唱話匣子的。大冷天，揹了一具沉甸甸的留聲機和半箱唱片。唱的多半是京劇或大鼓。我也聽過一張不說不唱的叫「洋人哈哈笑」，一張片子從頭笑到尾。我心想，多累人啊！我最討厭勝利公司那個商標了：一隻狗蹲坐在大喇叭前頭，支棱着耳朵在聽唱片。那簡直是罵人。

那時夜裏還經常過敲小鈸的盲人，大概那也屬打擊樂吧。「算靈卦！」我心想：「怎麼不先替你自己算算！」還有過乞丐。至今我還記得一個乞丐叫得多麼淒厲動人。他幾乎全部用顫音。先挑高了嗓子喊「行好的——老爺——太（哎）太」，過好一會兒（好像餓得接不上氣兒啦），才接下去用低音喊：「有那剩飯——剩菜——賞我點兒吃吧！」

四季叫賣的貨色自然都不同。春天一到，賣大小金魚兒的就該出來了。我對賣蛤蟆骨朵兒（未成形的幼蛙）最有好感，一是我買得起，花上一個制錢，就往碗裏撈上十來隻；二是玩夠了還能吞下去。我一直奇怪它們怎麼沒在我肚子裏變成青蛙！一到夏天，西瓜和碎冰製成的雪花糕就上市了。秋天該賣「樹熟的秋海棠」了。

賣柿子的吆喝有簡繁兩種。簡的只一聲「喝了蜜的大柿子」。其實滿夠了。可那時小販都想賣弄一下嗓門兒，所以有的賣柿子的不但詞兒編得熱鬧，還賣弄一通唱腔。最起碼也得像歌劇裏那種半說半唱的道白。一到冬天，「葫蘆兒——剛蘸得」就出場了。那時，北京比現下冷多了。我上學時鼻涕眼淚總凍成冰。只要兜裏還有個制錢，一聽「烤白薯哇真熱乎」，就非買上一塊不可。一路上既可以把那燙手的白薯揣在袖筒裏取暖，到學校還可以拿出來大嚼一通。

叫賣實際上就是一種口頭廣告，所以也得變着法兒吸引顧客。比如賣一種用秫秸稈製成的玩具，就吆喝：「小玩藝兒賽活的。」有的吆喝告訴你製作的過程，如城廂裏常賣的一種近似燒賣的吃食，就介紹得十分全面：「蒸而又炸呀，油兒又白搭。麵的包兒來，西葫蘆的餡兒啊，蒸而又炸。」也有簡單些的，如「滷煮喂，炸豆腐喲」。有的借甲物形容乙物，如「栗子味兒的白薯」或「蘿蔔賽過梨」。「葫蘆兒——冰塔兒」既簡潔又生動，兩個字就把葫蘆（不管是山楂、荸薺還是山藥豆的）形容得晶瑩可人。賣山裏紅（山楂）的靠戲劇性來吸引人。「就剩兩掛啦。」其實，他身上掛滿了那用繩串起的紫紅色果子。

有的小販吆喝起來聲音細而高，有的低而深沉。我怕聽那種忽高忽低的。也許由於小時人家告訴我賣荷葉糕的是「拍花子的」——拐賣兒童的，我特別害怕。他先尖聲尖氣地喊一聲「一包糖來」，然後放低至少八度，來一聲「荷葉糕」。這麼叫法的還有個賣蕎麥皮的。有一回他在我身後「喲」了一聲，把我嚇了個馬趴。等我站起身來，他才用深厚的男低音唱出「蕎麥皮耶」。

特別出色的是那種合轍押韻的吆喝。我在小說《鄧山東》裏寫的那個賣炸食的確有其人，至於他替學生挨打，那純是我瞎編的。有個賣蘿蔔的這麼吆喝：「又不糠來又不辣，兩捆蘿蔔一個大。」「大」就是一個銅板。甚至有的乞丐也油嘴滑舌地編起快板：「老太太（那個）真行好，給個餑餑吃不了。東屋裏瞧（那麼）西屋裏看，沒有餑餑賞碗飯。」

現在北京城倒還剩一種吆喝，就是「冰棍兒——三分啦」。語氣間像是五分的減成三分了。其實就是三分一根兒。可見這種帶戲劇性的叫賣藝術並沒失傳。

四、昨天

四十年代，有一回我問英國漢學家魏禮怎麼不到中國走走，他無限悵惘地回答說：「我想在心目中永遠保持着唐代中國的形象。」我說，中國可不能老當個古玩店。去秋我重訪英倫，看到原來滿是露天攤販的劍橋市場，蓋起紐約式的「購物中心」，失去了它固有的中古風貌，也頗有點不自在。繼而一想，國家、城市，都得順應時代，往前走，不能老當個古玩店。

為了避免看官誤以為我在這兒大發懷古之幽思，還是先從大處兒說說北京的昨天吧。意思不外乎是溫故而知新。

還是從我最熟悉的東城說起吧。拿東直門大街來說，當時馬路也就現在四分之一那麼寬，而且是土道，上面只薄薄鋪了一層石頭子兒，走起來真硌腳！碰上颱風，沙土能打得叫人睜不開眼。一下雨，我經常得蹚着「河」回家。我們住的房還算好，只漏沒塌，

不然我也活不到今天了。可是只要下雨（記得有一年足足下了一個月！）家裏和麵的瓦盆，搪瓷臉盆，甚至尿盆就全得請出來。先是滴滴嗒嗒地漏，下大發了就嘩嘩地往下流。比我們更倒楣的還有的是呢，每回下雨都得塌幾間，不用說，就得死幾口子。

那時候動不動就戒嚴。城門關上了，街上不許走人。街上的路燈比香頭亮不了多少，胡同裏更是黑黢黢的。記得一回有個給人做活計的老太太，挎着一包袱棉花走道兒。一個歹人以為是皮襖，上去就搶。老太太不撒手。那傢伙動了武，老太太沒氣兒啦。第二天就把那兇手的頭砍下來，掛在電線杆子上。

看《龍鬚溝》看到安自來水那段，我最感動了。那時候平民只能吃井水，而且還分苦甜兩種。比較過得去的，每天有水車給送到家門口。水車推起來還吱吱呀呀地叫，倒挺好聽的。我們家自己就釘了個小車，上頭放兩隻煤油桶，自己去井台上拉，可也不能白拉。

這幾年在北京不大看見掏糞的了。那時候除了住在東單牌樓一帶的洋人和少數闊佬，差不多都得蹲茅坑，所以到處都過掏糞的。糞是人中寶。所以有糞霸，也有水霸，都各有劃分地帶，有時候也鬧鬥毆。

至於垃圾，滿街都是，根本沒有站。北京城有兩個地名起得特別漂亮；一個是護國寺旁邊的「百花深處」；一個是我上學必經過的「八寶坑」。可笑的是，這兩個地方那時堆的垃圾都特別多，所以走過時得捏着鼻子。

我小學一二年級的時候，北京有電車了。起初只從北新橋開到東單。開的時候駕駛員一路還很有節奏地踩着腳鈴，所以也叫「叮

噹車」。我頭回坐，還是冰心大姐的小弟為楫請的。從北新橋上去沒多會兒，就聽旁邊有人嘀咕：「這要是一串電，眼睛還不瞎呀！」我聽了害起怕來。票買到東單，可我一到十二條就非下去不可。我一回想這件事心裏就不對勁兒，因為這證明那時我膽兒有多麼小！

五十年代為防細菌戰，北京不許養狗了，真可我心意。小時候我早晨送羊奶，每次摞下奶瓶取走空瓶時，常挨狗咬。那陣子每逢去看人，拍完門先躲開，老怕有惡犬從裏頭撲出來。一九四五年在德國看納粹集中營的種種刑具時，對我最可怕的刑罰是用十八條狼犬活活把人扯成八瓣兒咬死。

那時出門還常遇到乞丐。一家大小餓肚皮，出來要點兒，本是值得同情的。可有些乞丐專靠恐怖方法惡化緣。在四牌樓一家舖子門前，我就見過一個三十來歲滿臉泥污的乞丐，他把自己的胳臂用顆大釘子釘到門框上，不給或者不給夠了，就不走。更多的乞丐是利用自己身上的髒來訛詐。他渾身泥猴兒似的緊緊跟在你身後。心狠的就偏不給，叫他跟下去，但一般總是快點兒打發掉了心淨。可是這個走了，另一群又會跟上來。

此外還有變相乞丐，叫「報喜歌兒」的。聽見哪家有點兒喜事，要麼是新婚，孩子滿月，要麼就是老爺升官，少爺畢業，他們就打着竹板兒到門前唸起喜歌了。也是不給賞錢不走。要是實在拿不到錢，還有改口唸起「殃歌兒」來的呢。比方說，在辦喜事的家門口唸道：「一進門來喜沖沖，先當褲子後當燈。」完全是咒話。

比惡化緣更加可怕的，是「過大車的」。我就碰上過一回，那時候我剛上初中，好幾宿都睡不踏實。「大車」就是拉到天橋去執行槍斃的死囚車，是輛由兩匹馬拉的敞車。車沿上坐着三條「好

漢」。一個個背上插着個「招子」，罪名上頭還畫着紅圈兒。旁邊是武裝看守——也許就是劊子手。死囚大概為了壯壯膽，一路上大聲唱着不三不四的二黃。走過餑餑舖或者飯館子，就嚷着停下來，然後就要酒要肉要吃的，一邊大嚼還一邊兒唱。因為是活不了幾個鐘頭的人了，所以要什麼就給什麼。

那時候管警察叫巡警。經常看到他們跟拉車的作對。嫌車放的不是地方，就把車墊子搶走，叫他拉不成。另外還有英國人辦的保安隊。穿便衣的是偵緝隊，專抓人的。我就吃過他們的苦頭。後來又添上戴紅箍的憲兵。可是最兇的還是大兵（那時通稱作丘八），因為他們腰裏掛着盒子炮。我永遠忘不了去東安市場吉祥戲院碰上的那回大兵砸戲館子。什麼茶壺板凳全從樓上硬往池子裏扔。帶我去的親戚是抱着我跳窗戶逃出的。打那兒，我就跟京戲絕了緣。

我說的這些都不出東城。那時候北京真正的黑世界在南城。一九五〇年我採訪妓女改造，才知道八大胡同是怎樣一座人間地獄。我一直奇怪市婦聯為什麼不把那些材料整理一下，讓現今的女青年們了解了解在昨天的北京，「半邊天」曾經歷過什麼樣悲慘的年月。

（選自蕭乾《負笈劍橋》，北京：三聯書店，1987 年）

北人與南人

魯迅

這是看了「京派」與「海派」的議論之後，牽連想到的──

北人的卑視南人，已經是一種傳統。這也並非因為風俗習慣的不同，我想，那大原因，是在歷來的侵入者多從北方來，先征服中國之北部，又攜了北人南征，所以南人在北人的眼中，也是被征服者。

二陸入晉，北方人士在歡欣之中，分明帶着輕薄，舉證太煩，姑且不談罷。容易看的是，羊衒之的《洛陽伽藍記》中，就常詆南人，並不視為同類。至於元，則人民截然分為四等，一蒙古人，二色目人，三漢人即北人，第四等才南人，因為他是最後投降的一夥。最後投降，從這邊說，是矢盡援絕，這才罷戰的南方之強，從那邊說，卻是不識順逆，久梗王師的賊。孑遺自然還是投降的，然而為奴隸的資格因此就最淺，因為淺，所在班次就最下，誰都不妨加以卑視了。到清朝又重理了這一篇帳，至今還流衍着餘波；如果此後的歷史是不再回旋的，那真不獨是南人的如天之福。

當然，南人是有缺點的。權貴南遷，就帶了腐敗頹廢的風氣來，北方倒反而乾淨。性情也不同，有缺點，也有特長，正如北人的兼具二者一樣。據我所見，北人的優點是厚重，南人的優點是機靈。但厚重之弊也愚，機靈之弊也狡，所以某先生曾經指出缺點

道：北方人是「飽食終日，無所用心」；南方人是「群居終日，言不及義」。就有閒階級而言，我以為大體是的確的。

　　缺點可以改正，優點可以相師。相書上有一條說，北人南相，南人北相者貴。我看這並不是妄語。北人南相者，是厚重而又機靈，南人北相者，不消說是機靈而又能厚重。昔人之所謂「貴」，不過是當時的成功，在現在，那就是做成有益的事業了。這是中國人的一種小小的自新之路。

　　不過做文章的是南人多，北方卻受了影響。北京的報紙上，油嘴滑舌，吞吞吐吐，顧影自憐的文字不是比六七年前多了嗎？這倘和北方固有的「貧嘴」一結婚，產生出來的一定是一種不祥的新劣種！

一月三十日

（選自《魯迅全集》5卷，北京：人民文學出版社，1981年）

「京派」與「海派」

魯迅

　　自從北平某先生在某報上有揚「京派」而抑「海派」之言，頗引起了一番議論。最先是上海某先生在某雜誌上的不平，且引別一某先生的陳言，以為作者的籍貫，與作品並無關係，要給北平某先生一個打擊。

　　其實，這是不足以服北平某先生之心的。所謂「京派」與「海派」，本不指作者的本籍而言，所指的乃是一群人所聚的地域，故「京派」非皆北平人，「海派」亦非皆上海人。梅蘭芳博士，戲中之真正京派也，而其本貫，則為吳下。但是，籍貫之都鄙，固不能定本人之功罪，居處的文陋，卻也影響於作家的神情，孟子曰：「居移氣，養移體」，此之謂也。北京是明清的帝都，上海乃各國之租界，帝都多官，租界多商，所以文人之在京者近官，沒海者近商，近官者在使官得名，近商者在使商獲利，而自己也賴以糊口。要而言之，不過「京派」是官的幫閒，「海派」則是商的幫忙而已。但從官得食者其情狀隱，對外尚能傲然，從商得食者其情狀顯，到處難於掩飾，於是忘其所以者，遂據以有清濁之分。而官之鄙商，固亦中國舊習，就更使「海派」在「京派」的眼中跌落了。

　　而北京學界，前此固亦有其光榮，這就是五四運動的策動。現在雖然還有歷史上的光輝，但當時的戰士，卻「功成，名遂，身退」者有之，「身穩」者有之，「身升」者更有之，好好的一場惡

鬥，幾乎令人有「若要官，殺人放火受招安」之感。「昔人已乘黃鶴去，此地空餘黃鶴樓」，前年大難臨頭，北平的學者們所想援以掩護自己的是古文化，而唯一大事，則是古物的南遷，這不是自己徹底的說明了北平所有的是什麼了嗎？

但北平究竟還有古物，且有古書，且有古都的人民。在北平的學者文人們，又大抵有着講師或教授的本業，論理，研究或創作的環境，實在是比「海派」來得優越的，我希望着能夠看見學術上，或文藝上的大著作。

一月三十日

（選自《魯迅全集》5 卷，北京：人民文學出版社，1981 年）

上海氣

周作人

　　我終於是一個中庸主義的人：我很喜歡閒話，但是不喜歡上海氣的閒話，因為那多是過了度的，也就是俗惡的了。上海灘本來是一片洋人的殖民地；那裏的（姑且說）文化是買辦流氓與妓女的文化，壓根兒沒有一點理性與風致。這個上海精神便成為一種上海氣，流佈到各處去，造出許多可厭的上海氣的東西，文章也是其一。

　　上海氣之可厭，在關於性的問題上最明瞭地可以看出。他的毛病不在猥褻而在其嚴正。我們可以相信性的關係實佔據人生活動與思想的最大部分，講些猥褻話，不但是可以容許，而且覺得也有意思，只要講得好。這有幾個條件：一有藝術的趣味，二有科學的了解，三有道德的節制。同是說一件性的事物，這人如有了根本的性知識，又會用了藝術的選擇手段，把所要說的東西安排起來，那就是很有文學趣味，不，還可以說有道德價值的文字。否則只是令人生厭的下作話。上海文化以財色為中心，而一般社會上又充滿着飽滿頹廢的空氣，看不出什麼飢渴似的熱烈的追求。結果自然是一個滿足了慾望的犬儒之玩世的態度。所以由上海氣的人們看來，女人是娛樂的器具，而女根是醜惡不祥的東西，而性交是男子的享樂的權利，而在女人則又成為污辱的供獻。關於性的迷信及其所謂道德都是傳統的，所以一切新的性知識道德以至新的女性無不是他們

嘲笑之的，説到女學生更是什麼都錯，因為她們不肯力遵「古訓」如某甲所説。上海氣的精神是「崇信聖道，維持禮教」的，無論筆下口頭説的是什麼話。他們實在是反穿皮馬褂的道學家，聖道會中人。

自新文學發生以來，有人提倡「幽默」，世間遂誤解以為這也是上海氣之流亞，其實是不然的。幽默在現代文章上只是一種分子，其他主要的成分還是在上邊所説的三項條件。我想，這大概就從藝術的趣味與道德的節制出來的，因為幽默是不肯説得過度，也是 Sophrosune——我想就譯為「中庸」的表現。上海氣的閒話卻無不説得過火，這是根本上不相像的了。

上海氣是一種風氣，或者是中國古已有之的，未必一定是有了上海灘以後方才發生的也未可知，因為這上海氣的基調即是中國固有的「惡化」，但是這總以在上海為最濃重，與上海的空氣也最調和，所以就這樣地叫他，雖然未免少少對不起上海的朋友們。這也是復古精神之一，與老虎獅子等牌的思想是殊途同歸的，在此刻反動時代，他們的發達正是應該的吧。

十五年二月二十七日，於北京

（選自周作人《談龍集》，上海：開明書局，1927 年）

阿金

魯迅

近幾時我最討厭阿金。

她是一個女僕，上海叫娘姨，外國人叫阿媽，她的主人也正是外國人。

她有許多女朋友，天一晚，就陸續到她窗下來，「阿金，阿金！」的大聲的叫，這樣的一直到半夜。她又好像頗有幾個姘頭；她曾在後門口宣佈她的主張：弗軋姘頭，到上海來做啥呢？……

不過這和我不相干。不幸的是她的主人家的後門，斜對着我的前門，所以「阿金，阿金！」的叫起來，我總受些影響，有時是文章做不下去了，有時竟會在稿子上寫一個「金」字。更不幸的是我的進出，必須從她家的曬台下走過，而她大約是不喜歡走樓梯的，竹竿，木板，還有別的什麼，常常從曬台上直摔下來，使我走過的時候，必須十分小心，先看一看這位阿金可在曬台上面，倘在，就得繞遠些。自然，這是大半為了我的膽子小，看得自己的性命太值錢；但我們也得想一想她的主子是外國人，被打得頭破血出，固然不成問題，即使死了，開同鄉會，打電報也都沒有用的，——況且我想，我也未必能夠弄到開起同鄉會。

半夜以後，是別一種世界，還剩着白天脾氣是不行的。有一夜，已經三點半鐘了，我在譯一篇東西，還沒有睡覺。忽然聽得路

上有人低聲的在叫誰，雖然聽不清楚，卻並不是叫阿金，當然也不是叫我。我想：這麼遲了，還有誰來叫誰呢？同時也站起來，推開樓窗去看去了，卻看見一個男人，望着阿金的繡閣的窗，站着。他沒有看見我。我自悔我的莽撞，正想關窗退回的時候，斜對面的小窗開處，已經現出阿金的上半身來，並且立刻看見了我，向那男人說了一句不知道什麼話，用手向我一指，又一揮，那男人便開大步跑掉了。我很不舒服，好像是自己做了甚麼錯事似的，書譯不下去了，心裏想：以後總要少管閒事，要煉到泰山崩於前而色不變，炸彈落於側而身不移！ ……

但在阿金，卻似乎毫不受什麼影響，因為她仍然嘻嘻哈哈。不過這是晚快邊才得到的結論，所以我真是負疚了小半夜和一整天。這時我很感激阿金的大度，但同時又討厭了她的大聲會議，嘻嘻哈哈了。自有阿金以來，四圍的空氣也變得擾動了，她就有這麼大的力量。這種擾動，我的警告是毫無效驗的，她們連看也不對我看一看。有一回，鄰近的洋人說了幾句洋話，她們也不理；但那洋人就奔出來了，用腳向各人亂踢，她們這才逃散，會議也收了場。這踢的效力，大約保存了五六夜。

此後是照常的嚷嚷；而且擾動又廓張了開去，阿金和馬路對面一家煙紙店裏的老女人開始奮鬥了，還有男人相幫。她的聲音原是響亮的，這回就更加響亮，我覺得一定可以使二十間門面以外的人們聽見。不一會，就聚集了一大批人。論戰的將近結束的時候當然要提到「偷漢」之類，那老女人的話我沒有聽清楚，阿金的答覆是：

「你這老×沒有人要！我可有人要呀！」

這恐怕是實情，看客似乎大抵對她表同情，「沒有人要」的老×戰敗了。這時踱來了一位洋巡捕，反背着兩手，看了一會，就來把看客們趕開；阿金趕緊迎上去，對他講了一連串的洋話。洋巡捕注意的聽完之後，微笑的說道：

　　「我看你也不弱呀！」

　　他並不去捉老×，又反背着手，慢慢的踱過去了。這一場巷戰就算這樣的結束。但是，人間世的糾紛又並不能解決得這麼乾脆，那老×大約是也有一點勢力的。第二天早晨，那離阿金家不遠的也是外國人家的西崽忽然向阿金家逃來。後面追着三個彪形大漢。西崽的小衫已被撕破，大約他被他們誘出外面，又給人堵住後門，退不回去，所以只好逃到他愛人這裏來了。愛人的肘腋之下，原是可以安身立命的，伊孛生（H. Ibsen）戲劇裏的彼爾·干德，就是失敗之後，終於躲在愛人的裙邊，聽唱催眠歌的大人物。但我看阿金似乎比不上瑙威女子，她無情，也沒有魄力。獨有感覺是靈的，那男人剛要跑到的時候，她已經趕緊把後門關上了。那男人於是進了絕路，只得站住。這好像也頗出於彪形大漢們的意料之外，顯得有些躊躕；但終於一同舉起拳頭，兩個是在他背脊和胸脯上一共給了三拳，彷彿也並不怎麼重，一個在他臉上打了一拳，卻使它立刻紅起來。這一場巷戰很神速，又在早晨，所以觀戰者也不多，勝敗兩軍，各自走散，世界又從此暫時和平了。然而我仍然不放心，因為我曾經聽人說過；所謂「和平」，不過是兩次戰爭之間的時日。

　　但是，過了幾天，阿金就不再看見了，我猜想是被她自己的主人所回覆。補了她的缺的是一個胖胖的，臉上很有些福相和雅氣的

娘姨，已經二十多天，還很安靜，只叫了賣唱的兩個窮人唱過一回「奇葛隆冬強」的《十八摸》之類，那是她用「自食其力」的餘閒，享點清福，誰也沒有話說的。只可惜那時又招集了一群男男女女，連阿金的愛人也在內，保不定什麼時候又會發生巷戰。但我卻也叨光聽到了男嗓子的上低音（barytone）的歌聲，覺得很自然，比絞死貓兒似的《毛毛雨》要好得天差地遠。

阿金的相貌是極其平凡的。所謂平凡，就是很普通，很難記住，不到一個月，我就說不出她究竟是怎麼一副模樣來了。但是我還討厭她，想到「阿金」這兩個字就討厭；在鄰近鬧嚷一下當然不會成這麼深仇重怨，我的討厭她是因為不消幾日，她就搖動了我三十年來的信念和主張。

我一向不相信昭君出塞會安漢，木蘭從軍就可以保隋；也不信妲己亡殷，西施沼吳，楊妃亂唐的那些古老話。我以為在男權社會裏，女人是決不會有這種大力量的，興亡的責任，都應該男的負。但向來的男性的作者，大抵將敗亡的大罪，推在女性身上，這真是一錢不值的沒有出息的男人。殊不料現在阿金卻以一個貌不出眾，才不驚人的娘姨，不用一個月，就在我眼前攪亂了四分之一里，假使她是一個女王，或者是皇后，皇太后，那麼，其影響也就可以推見了：足夠鬧出大大的亂子來。

昔者孔子「五十而知天命」，我卻為了區區一個阿金，連對於人事也從新疑惑起來了，雖然聖人和凡人不能相比，但也可見阿金的偉力，和我的滿不行。我不想將我的文章的退步，歸罪於阿金的

嚷嚷，而且以上的一通議論，也很近於遷怒，但是，近幾時我最討厭阿金，彷彿她塞住了我的一條路，卻是的確的。

願阿金也不能算是中國女性的標本。

十二月二十一日

（選自《魯迅全集》6卷，北京：人民文學出版社，1981年）

交易所速寫

茅盾

　　門前的馬路並不寬闊。兩部汽車勉強能夠並排過去。門面也不見得怎麼雄偉。説是不見得怎麼雄偉，為的想起了愛多亞路那紗布交易所大門前二十多步高的石級。自然，在這「香粉弄」一帶，它已經是唯一體面的大建築了。我這裏説的是華商證券交易所的新屋。

　　直望進去，一條頗長的甬道，兩列四根的大石柱阻住了視線。再進一步就是「市場」了。跟大戲院的池子彷彿。後方上面就是會叫許多人笑也叫許多人哭的「拍板台」。

　　正在午前十一時，緊急關頭，拍到了「二十關」。池子裏活像是一個蜂房。請你不要想像這所謂池子的也有一排一排的椅子，跟大戲院的池子似的。這裏是一個小凳子也不會有的，人全站着，外圈是來看市面準備買或賣的——你不妨説他們大半是小本錢的「散戶」，自然也有不少「搶帽子」的。他們不是那吵鬧得耳朵痛的數目字潮聲的主使。他們有些是仰起了頭，朝台上看，——請你不要誤會，那捲起了袖子直到肩胛邊的拍板人並沒有什麼好看，而且也不會看出什麼道理來的；他們是看着台後像「背景」似的顯出「××××庫券」，「×月期」……之類的「戲目」（姑且拿「戲目」作個比方罷），特別是這「戲目」上面那時時變動的電光記數牌。

這高高在上小小的嵌在台後牆上的橫長方形，時時刻刻跳動着紅字的阿剌伯數目字，一並排四個，兩個是單位「元」以下，像我們在普通帳單上常常看見的式子，這兩個小數下邊有一條橫線，紅色，字體可也不小，因而在池子裏各處都可以看得明明白白。這小小的紅色電光的數目字是人們創造，是人們使它刻刻在變，但是它掌握着人們的「命運」。

　　不——應當說是少數人創造那紅色電光的記錄，使它刻刻在變，使它成為較多數人的不可測的「命運」。誰是那較多數呢？提心吊膽望着它的人們，池子外圈的人們自然是的，——而他們同時也是這魔法的紅色電光記錄的助成者，雖然是盲目的助成者；可是在他們以外還有更多的沒有來親眼看着自己的「命運」升沉的人們，他們住在上海各處，在中國各處，然而這裏台上的紅色電光的一跳，會決定了他們的破產或發財。

　　被外圈的人們包在中央的，這才是那吵得耳朵痛的數目字潮聲的發動器。很大的圓形水泥矮欄，像一張極大的圓桌面似的，將他們範圍成一個人圈。他們是許多經紀人手下做交易的，他們的手和嘴牽動着台上牆頭那紅色電光數目字的變化。然而他們跟那紅色電光一樣本身不過是一種器械，使用他們的人——經紀人，或者正交叉着兩臂站在近旁，或者正在和人咬耳朵。忽然有個夥計匆匆跑來，於是那經紀人就趕緊跑到池子外他的小房間去聽電話了，他掛上了聽筒再跑到池子裏，說不定那紅色電光就會有一次新的跳動，所有池子裏外圈的人們會有一次新的緊張——撐不住要笑的，咬緊牙關眼淚往肚子裏吞的，誰知道呢，便是那位經紀人在接電話以前也是不知道的。他也是程度上稍稍不同的一種器械罷了。

池子外邊的兩旁，——上面是像戲院裏「包廂」似的月樓，擺着一些長椅子，這些椅子似乎從來不會被同一屁股坐上一刻鐘或二十分的，然而亦似乎不會從來沒有人光顧，做了半天冷板凳的。這邊，有兩位咬着耳朵密談；那邊，又是兩位在壓低了嗓子爭論什麼。靠柱子邊的一張椅子裏有一位弓着背抱了頭，似乎轉着念頭：跳黃浦呢，吞生鴉片煙？那邊又有一位，——坐在望得見那魔法的紅色電光記錄牌的所在，手拿着小本子和鉛筆，用心地記錄着，像畫「寶路」似的，他相信公債的漲落也有一定的「路」的。

也有女的。掛在男子臂上，太年青而時髦的女客，似乎只是一同進來看看。那邊有一位中年的，上等的衣料卻不是頂時式的裁製，和一位中年男子並排站着，仰起了臉。電光的紅字跳一，她就推推那男子的臂膊；紅字再跳一，她慌慌張張把男子拉在一邊嘰嘰喳喳低聲說了好一大片。

一位鬍子刮得光光的，只穿了綢短衫褲，在人堆裏晃來晃去踱方步，一邊踱，一邊頻頻用手掌拍着額角。

這當兒，池子裏的做交易的叫喊始終是旋風似的，海潮似的。

你如果到上面月樓的鐵欄杆邊往下面一看，你會忽然想到了舊小說裏的神仙：「只聽得下面殺聲直衝，撥開雲頭一看。」你會清清楚楚看到中央的人圈怎樣把手掌伸出縮回，而外圈的人們怎樣鑽來鑽去，像大風雨前的螞蟻。你還會看見時時有一團小東西，那是紙團，跟鈕子一般模樣的，從各方面飛到那中央的人圈。你會想到神仙們的祭起法寶來罷？

有這麼一個紙團從月樓飛下去了。你於是留心到這宛然在雲端的月樓那半圓形罷。這半圓圈上這裏那裏坐着幾個人，在記錄着

什麼，蕭靜地一點聲音都沒有。他們背後牆上掛着些經紀人代表的字號牌子。誰能預先知道他們擲下去的紙團是使空頭們哭的呢還是笑的？

無稽的謠言吹進了交易所裏會激起債券漲落的大風波。人們是在謠言中幻想，在謠言中興奮，或者嚇出了靈魂。沒有比他們更敏感的了。然而這對於謠言的敏感要是沒有了，公債市場也就不成其為市場了。人心就是這麼一種怪東西。

（選自《茅盾散文速寫集》，北京：人民文學出版社，1980 年）

在滬西

柯靈

人力車拉過幽暗的街道，迎着一片輝煌，從電燈牌樓底下穿進了巷口。恰像是多變的世事，這巷子曲折而深邃，使陌生人着迷。因為白天下過雨，車輪軋轢中時而夾着水聲，路燈下反射出一帶的泥濘和積渚。我們就這麼轉彎抹角地到了××俱樂部。

燈光如晝，儼然戎裝的守衛，在門口楞起綠色眼珠，注視着面生的來客。

一進門，最先刺進聽覺的是尖銳而悠長的喊聲，尾音向上直竄，彷彿是一種警告，一聲驚呼。樓上樓下連接着寬敞的房子，屋裏空空落落，除了些沙發几案，並沒有多少通常的鋪陳，只是每一間都有好幾張「枱子」，人頭躋躋地正在集中心神捕捉那狡兔似的命運。

「枱子」有好幾種，牌九、押寶、大小門……原諒我這門外漢背不清許多名目。每一枱都擺着類似的陣勢：莊家坐在上首，用爛熟的技術洗牌、砌牌；用搖曳生姿的手法搖骰子，穩重老練，足夠做元帥風度。左右兩翼是枱角邊站着的兩員大將，激昂地喊着進軍的口號，每一仗勝負揭曉時做着賠錢吃錢的工作，花花綠綠一大卷、一大堆，一個龐雜的數字，用不着思索，過手就分配清楚。一邊高腳椅上端坐着督陣的一位，居高臨下，照顧着攻守雙方的步調。有錯誤糾葛得聽他的排解。這以外，就是站在敵對的一面，那

一大群男男女女形形色色的打手了。例外的是大小門，將帥都是娘子軍，一律的紅唇粉靨，嬌滴滴喊着「開啦」，恰像是什麼神怪小說上的迷魂陣。

叫做「俱樂部」，實際卻是個命運的搏鬥場！

你隨便跑近那一張「枱子」，站上一刻，看看那些打手們的神態。紅着臉，流着汗，氤氳的熱氣從額頭散發，有的呆着出神，皺起眉頭思索。無數焦黃的手指顫顫地撫着籌碼，數着錢，盤盤算算，然後一橫心把它們推到前面。——我想準得要有過出發上前線的經驗，才理會得這一挪手時的心情。無數的眼直射着那光滑的牌背，那晶圓的骰子盒，多簡單的東西，然而多詭譎，多無從捉摸！開，一聲吆喝，一刹那間萬籟無聲，然而你聽得出一種無聲的音樂，心的跳躍。牌掀了，蓋開了，命運又給了一次無情的判決。周圍的臉相隨着有了劇變：一聲長嘆，嘮叨的陳訴着委屈；皺眉的皺得更緊，狠命的吸着煙枝，捲一捲袖管，頓着腳翻悔自己的失着；幸運者卻默默地享受那一分歡喜，忘記有時一注的幸運正是使自己上鈎的香餌……

空間縮小了，時間縮短了，這裏顯示了人生的另一面。大把金錢潮水似地倏然而來、悠然而去，捲到這邊又湧到那邊，一點一滴算起來，得多少人的血汗，多少年的辛苦，可是只要幸運不虧待你，兩張牌幾個點可以使你暴富。就因為這一點賭博的哲學，這裏吸引了無數聰明人跟糊塗人。——我這難得光降的稀客，在牌九枱上也看見了兩張熟悉的臉。一位是電影公司的化妝師，一雙手曾裝點過多少「優孟衣冠」，這一回卻痴痴地沒半點表情，讓自己來充了俱樂部裏的臉譜的一種。另一位正打敗一仗，似乎很意外，罵了

句什麼，憤憤然反着手在枱子上猛敲一下，抬起頭，卻看見了我，「╳先生，你也來？」笑了笑，便又去準備他下一回合的戰鬥。這是一個老實的小職員，我們曾經做過同事，炮聲把大家驚散，他狼狽地逃到鄉下去。料不到再一次看見他卻在這裏。

上海的淪陷使許多事業凋零，卻使無數投機取巧的把戲在這罪惡的沃土上開花，俱樂部之類的繁盛不過是萬紫千紅中的一朵。

黃昏時你試向滬西兜上一圈，你會禁不住吃驚。幾乎隨處可見的是那燈飾燦然的招牌，「俱樂部」，「樂園」，「╳記公司」，「娛樂社」……等等動人的名目；還有專門臭蟲似地吸取下層婦女和苦力的血汗的花會「總筒」和「分筒」。

像╳╳俱樂部一樣大規模的場所總共也有好幾家，它們敞開懷抱，夜夜接待做着黃金夢的人。

健康的人生是公平的供與求，正常的義務與權利；而另一社會裏服膺的人生哲學卻是冒險，是把生命作孤注，向命運打賭。上海有許多這樣的「偉人」，他們少年時代睡的是弄堂，吃的是從包飯作學徒手裏搶來的殘羹剩飯。無賴是他們的教育，亡命是他們的資本，就憑着這兩宗法寶，他們在人海裏打滾，施展身手。也許因為竊取人家什麼東西，被抓進鐵房子，受着免費食宿的優待；也許因為小小事情同人嘔氣打架，被打得滿臉血痕，倒在地上奄奄一息；可是只要還能放出來，爬得起，他們還得勇敢地向牢獄拳械迎上去；這是磨練，也是考驗，你經得住，你自然就有出山的機會。爬起，跌倒；跌倒，爬起，他們終於贏了，一翻身小癟三變作了「大亨」。許多俱樂部之類的經營者就是這樣的人物。——其中有一位的歷史是：因為一個銅板的爭執，打死了一條命，坐了幾年牢，

剛出來又因為打傷巡捕，重新關進去；可是再出來的時候他升了天，命運輸給了他。現在他正是一個每夜幾萬元進出的俱樂部的大老闆。

他們領有執照，納着捐稅，——那是一個嚇人的數字。因為在淪陷區裏，他們是一種繁榮市場的體面的商業。

俱樂部裏有着周到的設備。客人來往可以用汽車接送，到了裏面更可以受殷勤的招待，高貴的香煙、精美的點心和水果、中西大菜、鴉片、豔麗的肉體。維持「安全」的，白俄的保鏢以外，還有幾十位勇武的壯漢。這些壯漢也正是未出山的英雄，其中一部分配備着全副的武裝，手槍，步槍，機關槍和手榴彈，有如上陣的戰士。他們縝密地「保護」着客人，並且像一個間諜似的，暗中調查着客人的來歷和財富。徒手的就在四近望風，提防着一切意外。這類活躍在滬西的英雄的總數，據一張英文報紙的統計，一共約有二千七百六十個，因此暗殺械鬥的把戲就幾乎經常地表演着；在俱樂部裏勝利的客人，在回家途中，也就常常有着躬逢搜劫的幸運。

除開那一筆浩繁的開支，「大亨」們靠它的收入維持尊貴的地位，大批未出山的英雄靠它活動和馳騁，「市××」把它當作生命線，還有無數跟他們一條跳板上的「小兄弟」每天得向它領取開銷。而人們卻帶着金錢到那裏去追求運氣。

看看滿座「百脈僨興」的嘉賓，你無從懸揣那隱藏在背後的悲劇。各各帶着奴隸的命運，生活的重負，用借貸的錢，典質的錢，一點一滴聚起來的血汗，或者用種種不正當的方法得來的財物，放開手，向渺茫的勝利下網，吝嗇的變成慷慨，穩重的變成浮躁；命運小兒卻躲在一邊冷笑，在給他們惡毒的揶揄。那結果恰像落在黏

性的陷沙裏，眼看着漸漸下沉，卻無法自拔。逃亡，下獄，服毒，投江……他們替這多難的時代製造了多少使人喟嘆的資料。

可是人們還是興沖沖的踏進那門檻去。人家全輸，也許自己獨贏；昨天敗了，也許今晚會勝。一百回不幸中間，難道碰不着一回幸運嗎？

人瘠則我肥，冒險和僥倖，這正是賭博的精義，也正是賭徒的哲學！

我們同行的朋友是四個，每人出股本三元。——不，說是「股本」還不如說我們對××俱樂部的贄儀，因為空着雙手去參觀事實上不大方便。結果我們終於在牌九和大小門的「枱子」上得到了奉獻的機會。那自然是廣漠中的一星微塵。

十一點鐘相近，我到餐室裏用點心，那老實的小職員卻正在吃飯。

一頭淋漓的汗，那樣緊張，卻又那樣不可形容的疲倦。外衣卸去了搭在椅背上，露出一件破舊的白襯衫。「完了，六十塊！」一看見我就急急的報告了這消息，伸過一隻手，翹起大拇指和小指頭，連連在我胸前轉動。

「你常來這裏？」我問。

有如一個孤獨的夜行人，心有所感，而正為無人說話的寂寞所苦，一遇到可以開口的機會，就要盡情傾吐似的，對着我，他的話像一道春陽下解凍的瀑布，沒頭沒腦地潺潺而下：

「整整的六十塊，不少一個字。這裏跑不到兩個月，還不是每天必到的，已經送了將近一千塊了。一個窮光蛋，哪來的錢？一

幢房子的頂費。真作孽！幸而戰前租着一幢房子，如今頂出去也有一千多。這可是全部的家產。

「你知道我向來不愛這個，並且討厭。我連麻將也不愛搓，從前賺的薪水可以按月十足交到家裏。誰知道怎麼神差鬼使的捲進了這漩渦！起先是一個朋友常常走滬西，弄得神魂顛倒，他太太急了，要我帶她來找她丈夫，找到了；朋友第二天卻偷偷跑來告訴我：『別讓我女的知道，今晚咱們兩個一起去，有趣着呢。』就是這樣開的頭。來了許多天，也有輸，也有贏的，只是輸的總比贏的多。想翻本，就繼續走下去，結果卻是愈陷愈深。明明知道再沒法翻身的了，你知道，這是永遠翻不了的，可是走熱了，不由你不走。奇怪，到時候腳癢，自己做不得主。這真是魔道！你剛才沒看見坐在我對面的那一位？那個化妝師，你想必認得。他比我資格還淺，可真有勁，每天報到，風雨無阻，如今連電影公司的生意也丟了，聽說他還偷了太太的首飾，變了錢到這裏來。

「一千塊！你想想，我這樣的肩膀挑得了？我女人還莫知莫覺呢，『瞞天過海』，摺子在我身邊。要是有一天她知道了，不知道要怎麼個鬧法！」

「你問我做什麼事？有什麼好做的：這樣的時勢！上海打仗我帶着家眷逃難，半年前才從鄉下回來。從前的同事都散了，桂林，重慶；剩下我一個。幸虧房子租得起錢，先前幾個月是靠房租維持生活；現在房子頂掉了，頂費又都送到了這裏。每次都帶來一大捲，回去時照例兩手空空，從『枱子』邊站起來，莊家送你兩塊大洋。（他拿出兩張一元的鈔票晃了晃，）車錢。這是場子裏對客人的優待。可是這有鳥用！以後怎樣呢，我連想也不敢想。

「無聊，想想真沒趣味！聽說重慶有朋友要回上海來，有點小場面。只希望他們來了，能夠設法給我一點事情做……」

我沒有插嘴，也無從插嘴。在這瞬息悲歡、倏忽成敗的大劇場裏，我這朋友表演的角色未免過於平凡。

託他的福，我吃的點心由他簽字，可以無須付錢；回家時也跟他在一起，勞××俱樂部的汽車殷勤相送。沒有他，我們這樣渺小的賓客，是沒有資格邀得這種特別的恩寵的。

一九三九年七月三日

（選自《晦明》，上海：文化生活出版社，1941 年）

夜行

柯靈

夜靜，燈火闌珊，從熱鬧場中出來，踽踽獨行，常感到一種微妙的喜悅。

街上清冷，空遠遼廓，彷彿在寂寞秋江，泛扁舟一葉；偶然有汽車飛馳而過，又使你想到掠過水面的沙鷗。而街角遠處，交通燈的一點猩紅，恰似一片天際飄墜的楓葉，孤零零地開在岸畔的雁來紅。

上海的白晝洶湧着生存競爭的激流，而罪惡的開花卻常在黑夜。神秘的夜幕籠罩一切，但我們依然可以用想像的眼睛看到這人間天堂的諸種色相。跳舞場上這時必是最興奮的一刻了，爵士樂繚繞在黝黯的燈光裏，人影憧憧，假笑佯歡的，靠着舞客款款密語；尋花問柳的，感到了女性佔有的滿足。出賣勞力的，橫七豎八地倒在草棚裏，無稽的夢揶揄似的來安慰他們了；多美，多幸福，那夢的王國！而有的卻在夢裏也仍然震懾於獰惡的臉相，流着冷汗從鞭撻中驚醒。做夜工的，正撐着沉沉下垂的眼皮，在嘈雜的機械聲中忙碌。亡命與無賴也許正在幹盜竊和掠奪的勾當，也許為了主子們的傾軋，正在黑暗中攫取對手的性命。也許有生活戰場上的敗北者，懷着末路的悲戚，委身於黃浦江的濁流，激起一陣小小的波浪以後，一切復歸寧靜。我們還可以看到，在燈光如豆的秘密所在，還有人為着崇高的理想，冒着生命的危險；他們中間不幸的，便在星月無光的郊外受着慘毒的死刑。……

你可以這樣想像，事實也正在這樣搬演；但眼前展現的，卻是一片平靜。——人海滔天，紅塵蔽日的上海，這是僅有的平靜的一刻。

煩囂的空氣使心情浮躁，繁複的人事使靈魂粗糙，醜惡的現實磨損了人的本性，只是到了這個時刻，才像暴風雨後經過澄濾的湖水，雲影天光，透着寧靜如鏡的清澈。雖然路上人跡稀少，可是你絕不會因此感到寂寞。

坐在清冷的末班電車上，常常只有三三兩兩晚歸的乘客，神態逸豫，悠悠對坐，彷彿彼此莫逆於心，不勞辭費。賣票員閒閒地從車座底下拿出票款，一堆堆閃亮的銀角，暗黃的銅板，耐心地點着數，預備進了廠就趕快交帳，回家休息。偶爾在無聊中閒談起來，隨隨便便，彷彿大家本來就是相熟的朋友：賣票人與乘客在白天那種不必要的隔膜，此刻是煙消雲散了。

拖着空車的黃包車夫施施而行，巡捕靜悄悄地站在警亭下，也不再對車夫怒目橫眉，虎視眈眈。看到這種彼此相安，與世無爭的境界，我常有一種莫名其妙的衝動，想跑上去跟他們攀談幾句，交換一點無垢的安慰，傾訴一點歆慕的心情。

要是腹中空虛，可以隨意跑進一家小舖子裏去當一回座上客。舖子是小的，店堂湫隘腌臢，花不了多少錢，卻完全可以換得一飽。這裏沒有什麼名貴西餐，滿漢酒席，蘇揚細點，山珍海饈，精緻美味；但你去看看周圍的食客，一碗牛肉湯，一碗陽春麵，有的外加二兩白乾，淺斟細酌，品味着小市民式的饜足。面對那種悠然自得的神情，你會不由得從心裏嘗味到一種酸辛苦澀而又微甘的世

味，同時想起那俗濫的詩句，真的是「萬事不如杯在手，人生幾見月當頭？」

瀏覽一下舖面的景色，又會「別有一番滋味在心頭」。古樸的陳設，油膩破舊的桌椅，藍邊大碗，壽字花的小酒盅，壁上威武的關公畫像，砧板上雪亮的刀子，紅色的牛肉，爐灶上熊熊的火光，在滿是油污的夥計臉上閃爍，實大聲洪的大聲叫喚。……這光景會使你自然地想到《水滸》裏描寫的場面，恍惚回到了遼遠的古代。

爾虞我詐的機心暫時收斂了，殘酷的殺伐掛起了短期的免戰牌。

夜深沉，上海這個巨人睡熟了，給了我們片刻的安靜。但我們期待的，不是這種撲朔迷離的幻境，而是那晨曦照耀的黎明。

一九三五年

（選自《柯靈散文選》，北京：人民文學出版社，1983 年）

青島素描

王統照

從北平來，從上海來，從中國任何的一個都市中到青島來，你會覺得有另一種的滋味。北平的塵土，舊風俗的圍繞，古老中國的社會，使你沉靜，使你覺到匆忙中的閒適，小趣味的享受。在上海，是處處摩仿着美國式的摩天樓，耀目的紅綠光燈，街市中不可耐的噪音；各種人民的競獵，凌亂，繁雜忙碌，狡詐，是表現着帝國主義殖民地的威風派頭。然而青島，卻在中國的南方與北方的都會中獨自表現着另一副面目。

「青山，碧海，紅瓦，綠樹。」康有為的批評青島色彩的八個字，久已懸懸於一般旅行者的記憶之中。講青島的表現色，這幾個形容字自然不可移易。初到那邊的人一定會親切地感到。

我早有幾次的經驗，不是初來此地的生客。然而這一個春季，我特別在這個美麗的地方借住於友人的家中，過了幾個月。有許多很好的機會，使我看到以前所未留心的事物。

這地方的道路，花木，房屋的建築，曾經有不少的人寫過遊記，似乎不必詳談。然而從另一種的觀察上看去，這裏一切的情形是混合着德國人的沉重，日本人的小巧，中國固有的樸厚。經過重要街道，你如果是個留心的觀察者，可以從街頭所有的表現上看得出。

譬如就建築上來說，這是最能顯示一國的民風與其文化的。青島在荒涼的漁村時代，什麼也沒有。自從世界上震驚於德國兵艦強佔膠州灣以後，一年一年的過去，這裏完全變樣了。為了德人強修膠濟鐵路，沿鐵路線的強悍的山東農民作了暴政的犧牲者，人數並不很少；可是在另一方面，為了金錢，為了新生路的企圖，靠近膠州灣幾縣的農民，工人，用他們的汗血與聰明，在德國人的指揮之下，把青島完全改觀。深入大海中的石壁碼頭，平山，開道，由一磚，一木，造成美好堅固德國風的高大樓房。他們有的因此得了奇怪的機會，由一個苦工後來變為有錢有勢的人物，有的掙得一份小家私，不在鄉間過活，也有的一無所得，或者傷了生命。但青島的建設事業如其說是憑了德國人的頭腦，還不如說是膠東窮民的血汗。自然，一般人都頌揚德國人的魄力。然而我看到這幾十年前的海濱漁場，現在居然變為四十多萬人口的中等都市，這期間的辛苦經營，除掉西方的機器文化以外，我們能忍心把中國一般苦工的力量全個拋去？

　　歐戰之後，乖巧的日本人承襲了德國人強佔的軍港，於是太陽旗子，木屐的響聲，到處都是；於是又一番的闢路，蓋屋；又一番的指揮，壓迫。無量的日本貨物隨着他們的足跡踏遍山東的全境。而一般在這個地方輾轉求生的中國人，只好把以前學會的德語拋卻，從新學得日本言語，文字，再來做一次的奴隸。

　　這是有什麼法子！「在人矮簷下，怎敢不低頭！」於是中國人的心目中覺得那回非前時可比了。德國人像一隻掠空的鷙鷹，他單揀地面上隨時可以取得的肥雞，跑兔；至於小小蟲豸則不足飽他的口腹。他是情願把小小的恩惠賞給奴隸們的。可是××人卻不然

了。挾與俱來的：街頭的小販，毒品的製造者，浪人，紅裙隊，什麼都來了。一批一批的男女由大阪，神戶向這個新殖民地分送。於是以前覺得尚有微利可求的中國居民也漸漸感到恐慌。因為對××人的詛恨，更感到德國人的優容。直到現在，與久居青市的人民談起話來，說到這兩位臨時主人，總說：「德國人好得多，××最下三爛！」這是兩句到處可以聽到的話。

主人是換過了，雖然待遇不比從前好，怎麼樣呢？因為各種事業的開展仍然最需要苦工。而山東各縣的景況恰與這新開闢的都市成了反比例。連年內戰，土地跌價，一般農民都想從碼頭上找生路。於是藍布短衣，腰掖竹煙管，戴圍笠的鄉民也如一般××的找機會的平民一樣，一批一批地由鐵路，由小帆船運到這可以憧憬着什麼的地方中來。

從那時起，軍港的青島一變而為純粹的商港。聰明的××人知道這裏還不是久居之地。也不作軍港的企圖。把德人的修船塢拖回他們的國內，德人費過經營的沿海要塞的炮台，內部完全破壞，只要有利可圖，能夠繼續佔有德人在沿鐵道的企業，如煤礦，林業，房舍，種種，他們一心一意來做買賣。直待至太平洋會議時，擺了許多架子，在種種苛刻的條件下，算是把這片土地付還中國。

歷史，自有不少的聰明歷史家可以告訴後人的，現在我要單從建築上談一談青島的混合性。

看一個國家或是一個地方的文化，善於觀察者從一方面即可推知其全體。即就建築上說，很明顯的如愛司基摩人的雪屋，熱帶地方人住的樹皮草葉的小屋，近而如日本人好建木板房子，而中國北方就有火炕。由於氣候，習慣，建築遂千差萬別。從這上面最易

分別出一國家一地方的民性。至於更高尚的,如東方西方古代的建築,何以意大利有許多輝煌奇異的教堂,而埃及則有金字塔?正如中國有著名的長城一樣。所以有此的緣故,並不簡單,要與其一國的地理,歷史,風尚,人民的性質俱有關係。這不是幾句話可以說明的。

德國的建築移殖到中國來,當然青島是一個重要地方。在初時一般人只知道德國人在大清府(這是一個不見於歷史的名詞,乃是山東膠東一帶人民在二十年前叫青島的一個自造專名詞,到底是大青還是大清,卻無從知道)。蓋洋樓,自然是在幾層上面,有尖角,有石柱,有雕刻,有突出嵌入的種種涼台,窗子,統名之曰洋式而已。實在直到現在,凡是留心的人還能由這些先建的洋樓上,看出德國人的沉鷙剛勇的氣概。例如青島著名的建築物,現在的市政府與迎賓館,以及當年德國人的軍營,現在的山東大學與市立中學校。那些建築物,除掉具備堅固,方正,勻稱,高大的種種相之外,你在它們旁邊經過,就覺得德國人凡事要立根很深的國民性有點可怕!同時也還有其可愛之點。當初他們對這個港口實在是花過本錢的。究竟不知是多少萬馬克匯來東方,經營着山路,海堤森林,鐵路,一切事他們早打定了永久的計劃,所以都從根本上着想。建築也是如此。現在凡過青市生活略久一點的人,走到街上,單憑看慣的眼光,便能指出這所房子是德國人蓋的,那是××的玩意,是中國式房子,十有八九錯不了。自然的分別,就譬如眼見各人的面目不同一樣。

有形勢與作風,自古代,建築是與音樂,繪畫,並列入文藝之內的。因為它表現着時代精神與人民生活性的全體,而愈長久的建

築物卻愈能代表那一個國家一個地方的最高文化。端莊中具有穩靜的姿態，嚴重形勢上包含着條理與整齊。不以小巧見長，同時也不很平板。恰好與日本人的建築物相反。日本在維新以後，初時處處唯德國是仿，然而連形式也不對。由日本佔青市後建造的神社及其他住房上看，很清楚，他們只在玲瓏，清秀上作打扮。是一個清瘦精細的女孩，而沒有「碩人頎頎」的神態。至於完全出自中國人的意匠所蓋的房屋，除卻照例的二三層商店房式之外，其他的住房多半是整齊，方正，很能在新形式中仍存有固有的風姿。近年也有幾處從上海移植來的所謂立體建築物。

青島的建築是這樣混雜着。可以由此推知以前的青島是如何受了外國的影響。

「不錯，這名稱不是空負的。據我所到的地方，就連德國說在內，像這麼美麗適於居住的城市也不多。」

正是一個春末的黃昏，我的親戚 C 君——他是一個留德的醫學博士——在涼台告訴我，因為我們又談到這東方花園的問題。

「我愛這邊的幽靜，而又不缺乏什麼，可是有人說這邊沒有中國文化，但怎麼講呢？文化兩個字解釋起來怕也費勁！自然許多人在熱心擁護古老的文化精神，是什麼呢？你說……」我呷着一口清茶望着電燈微明下的波光慢慢地說：

「哼！文化！中國的古老文化不是上茶館，抽水煙，到處有的雜貨攤？什麼東西只要古香古色的那就是！……至於說真正的中國固有文化的精神，你以為在那裏？難道在北平，在濟南，在各個大都會裏？我們到那些地方也只看到古老文化的渣滓，真正可愛的古文化的精神在那裏？……」

「所以啦，我以為在這裏反倒清靜些。……」他感慨地嘆着，又加上一句斷語。

「本來我對這一句話也認為有點難講。這地方沒有中國古老的文化，也許容易造成一個嶄新的地方。因為以前沒的可保守，所以一切事都容易從新作起。雖然是否能造成另一種更好的文化還不可知，然而至少要把那些文化的沒用的渣滓去掉，也並不難，──我知道這邊的人民誠實，樸厚，做起事來又認真，雖然不十分靈活，可是凡到本處來的人卻很能了解。又配上這麼幽靜而又有待發展的地方，在國內，青島的將來是不缺少好希望的。」

C君因為我的樂觀。便在小桌上用手指敲一下道：

「你可不要忘記了××人！」

這是每個在青島住的久稍有點知識的人時時容易想到這一個嚴重問題。××人，雖然似乎大量地把這個地方奉還原主，然而鐵路的價值，保留的房產，沿鐵道線的種種權利，依然都在他們的掌握之中。兵艦是朝發夕至，對於這個好地方的未來，誰也怕××人再來伸手！

「你想這邊××的餘勢還有多少？重要商業與航運的便利，幾乎全被他們所操縱。現在青島的平和能維持到那一年，天知道！──可是這也不必多慮了。想不了那一些！另外我可告訴你，為什麼近十年來這海邊小都會人口漸漸加多？不是做生意的人說不好麼？不景氣麼？然而各縣各鄉村中的不安定較這裏更利害，就使吃飯便好，那些用手腳來謀生的人往外跑，一年比一年多，各處一例。所以在這裏也看出人口增多，而事業並不見大發展的原故。」

他怕我不明白這種情形，所以盡力的解釋，但是我正在靠山面海的涼台上向四方看去。稀稀疏疏的電燈光映着那些一堆一撮高下錯落的樓房，海邊就在我們坐的樓下。銀色的波濤有節奏似的撞着石堆作響。靜靜的海面只有幾隻不知那國的軍艦靜靜地停泊着。黑暗中海面的胸衣慢慢起落。在安閒平靜中卻包藏着什麼中國，日本，農村，商業的重大問題。這時我另有所思，答覆 C 君道：

「唉！這人間的苦惱，永久的爭鬥，從古時到現在，沒有演奏完了的時候，今夕何夕？你看，這麼好聽的濤聲，這樣好的境界之中！……」

「你是『想今夕只可談風月！』哈哈！……」

「……」

「是的，本來人是在環境中容易被征服的動物。刺激愈重，動力愈大，從前在德日帝國主義者的鐵騎下的中國居民，雖然是被保護者，可是他們究竟還感到壓迫的不安。現在大家除卻作個人的生活競爭之外，在這幽靜的新都市中住慣了的人，差不多隨了環境也都染上一種悠閒的性質。就以生活較苦的人力車夫來作比，你看他們與上海，天津，漢口，北平各處他們的同行可一樣？」

「不同，不同。青島市的車夫穿得整齊，他們爭坐也不像別的地方那麼利害，甚至吵罵，揮拳頭。差得多這是誰都看得出來的。」

「原因？……原因就在這裏的錢較容易賺，雖然生活程度並不低於別的都會。外國人多一點，貧苦生活的競爭是有的，然而比別的都會也還差些。」

我聽了 C 君的結論，不敢十分相信，然而也無可以駁他的理由。我忽然注目到涼台下面的幾棵櫻花樹，電光下搖動她的花瓣落在青草地上。

　　「啊！是了。這幾天我只從街道旁邊看過櫻花，沒曾專往公園的櫻花路上去觀觀光。……」

　　「這還是日本風的遺留。自從日本人佔了此地之後。栽植上不少的櫻花樹，每年還有一個櫻花節在四月中舉行幾天，與在日本一樣。現在這節日自然是取消了，可是每年花開的時候，車馬遊人依然是十分熱鬧。春季與盛夏是青島最佳的時候，——所以無論如何，青島的居民是談不到秋冬令的感受與刺激的！」

　　C 君很俏皮地這麼說，我也明白他也有點別感，話並不直率。可是我一心要拉着他外出遊觀，便與他訂明於第二天一早出發往公園與青島市外。

　　沿着海岸的太平路，萊陽路，隨了汽車隊的穿行，這真給我以重遊的滿足。一面是碧玻璃明淨的大海，一面是山上參差的樓台。匯泉一帶的新建築與團團的一大片草場那麼柔又那麼綠。未到公園以前便看見比鄉鎮賽會熱鬧得多的遊眾。公園的玩藝很多：水果攤，咖啡店，照相處，小飯店，都在花光樹影下叫賣着。不是看花，簡直是「人市」。

　　實在這廣大的中山公園的美點並不止在這幾百株的櫻花身上，有許多植物從德人管理時移植過來，名目繁多，大可供學植物者的參考：據說因為德人要試驗這半島上究竟宜種何種植物，便盡量地撒佈下各種植物的種子。……再則是最嬌美的海棠在這邊也成了一條路，路兩側全是麗紅粉白的花朵，其實比滿樹爛漫的櫻花好看。

翦平的圓草地，有小花圍繞的噴水池，難於一一說出名字的各種松柏類的植物，薰人欲醉的暖風，每個人都很欣樂地在這自然的美景中遊逛，說笑。我因此記起了 C 君夜來的談話，不禁使自己也有點惘然之感！

　　因為太喧鬧了，我們便離開這裏往清靜的海浴場去。

　　還不到海浴的時候，一大片沙灘上只有那些各種顏色的木板屋，空虛地呆立着。沒有特製大布傘，沒有兒童的叫嚷，沒有女人的大腿與紅帽。靜靜地看，由這處，那處，一層層泛盪過來的層波，輕柔地在沙邊吞嚙着。恰巧這不是上潮的一天，淺水，明沙，分外顯得有趣。我們脫了鞋襪用海水洗過腳，在沙灘上來回的走着。看這片深碧色浮映着一種可愛的明光的圓鏡，斜對面的青島山，小小的山峰孤立在那裏，披上春天的薄衣。小的浪花疲倦地，遲遲地，似一個春困的少女的呼吸，由不知何處來的那股衝動的力量使她覺到不安，可又不能作有力的掙扎。沙是太柔軟了，腳踏下去比在波斯織的毛氈上還舒適。是那麼微盪地又熨貼地使腳心的皮膚感到又麻又癢的一種快感。

　　風從海面斜掠過來，挾着微有鹹濕的氣味，並不壞，因為一點也不乾燥。

　　空中呢，在這海邊的天空是最可愛的，尤其是春秋的時候，晴天的日子那麼多，高高的空中，明麗的蔚藍色，像一片彩色的藍寶石將這個海邊的都市全罩住，雲是常有的，然而是輕鬆的，片段的，流動的彩雲在空中時時作翩翩的擺舞，似乎是微笑，又似乎是微醉的神態。絕少有板起青鉛色的面孔要向任何人示威的樣兒。而且色彩的變化朝晚不同。如有點稍稍閒暇的工夫，在海邊看雲，能

夠平添一個人的許多思感，與難於捉摸的幻想。映着初出海面的太陽淡褐色的微絳色的雲片輕輕點綴於太空中。午間，有雲，晴天時便如一團團白絮隨意流盪。午後到黃昏，如果你是一個風景畫家，便可以隨時捉到新鮮，奇麗的印象。從雲彩，從落日的渲染，從海對面的山色上，使你的畫筆可以有無窮的變化。

這上午我同 C 君在沙灘上被什麼引誘似地坐了許久的時候，時時聽到岸上車馬來回的響聲。

C 君為要另給我一種印象，叫了一部馬車把我們載到東西鎮去。

那像青島市中心的首，尾。東鎮在以前是與市區隔着一條荒涼的馬路，兩旁還是野田。這些年那條路卻成了日本居留民的中心地帶。由日本神社的下面往東走，好長的一條遼寧路，兩旁的生意至少有一半是掛着日文的招牌。這是公共汽車與各處長途汽車向市外走的要道。東鎮原是一個小小的村莊，現在成了工人小販的居住區。自然，馬路，電話，汽車，那樣都有，可是舊式的黑板門，紅門對小店舖的陳設，冷攤的叫賣者，彷彿到了中國較大的鄉村一樣。這裏很少摩登的式樣。有不少的短衣破鞋的男子，與亂攏着髻子仍然穿着舊式衣褲的女人。小孩子光着屁股在街上打架。拾蚌螺的貧女提着柳條筐子從海邊回來。這便是青島的貧民窟麼？不對，究竟得算高一級的。不過當我們的馬車經過幾條冷落的小街道時。看見矮矮的瓦簷下，門口便是土灶，有的還有些豆梗，高粱，似是預備作燃料用的。窄窄的紅對聯不免有「一元復始，萬象更新」的吉利話。三個兩個穿紅褲子藍布褂的女人，明明是鄉間的農婦，可是滿臉厚塗着鉛粉，胭脂，向街上時用搜索的眼光找人。經過 C 君

的告訴，我才知道這是最低等的賣淫者，大約是幾角錢的代價吧。這邊有的是普通工人，幹粗活的，拉大車的，有一種需要的消費，便有供給的商品。

「你沒看見那些門上有一盞玻璃罩的煤油燈？那便是標識，經過上捐的手續，她們便可在晚上點燈，正式營業——其實這些事誰還管是夜裏，白天！」

C君即速催着馬車走過，我疑心他這位醫學家是怕有什麼病菌在空中傳佈吧。

由東鎮再轉出去，便是著名工廠地帶的四方。觸目所見全是整齊的紅磚房子。銀月，大康等日本人的紗廠都在這裏。男女工人在上工放工時，沿四方到東鎮的馬路上，全是他們的足跡。山東全省人民日常穿的粗衣原料，這裏便是整批的供給處。不錯，幾萬的工人在這到處不景氣氛圍中，似乎容易發生失業的問題。在青島卻差得多，生意與一切便宜的關係，橫竪各個鄉村誰不需要一件洋布衣服穿，價廉而又廣泛的推銷販賣，這個地方的各個大機器很少有停止運行的時候。

四方這地方就因為若干大工廠的關係，變為工人居住的區域。又加上膠濟鐵路的機廠也在這裏，所以我們在這一帶所見到的便是短衣密扣的壯年男子，梳辮剪髮的花布衣裳的姑娘，煤灰，馬路上的塵土，並且可以聽到各種機件的響聲。

西鎮是緊接着青市的中心市區，除了經過火車道上面的一條大橋之外，並無什麼界限。雖然也似乎雜亂，卻較東鎮整齊得多。小商店，與一般職員的住房很多。

日落時馬車轉到青市的最西偏處。那是著名的馬虎窩海岸上的木板屋與草棚，中間有不少的家庭在這荒涼的地方度日。

　　「這才是青島的貧民窟。你瞧：與南海岸的高大樓房相比，以為如何？　……」C君問我。

　　「那個都市不是這樣！到處都是一律。但我總想不到在這美麗的都市也還有這麼苦的地方。」

　　「傻人！愈是都市愈得需要苦力。沒有他們怎麼能造成各種享受的事物。一手，一足的力量是一切最需要的。而上級的人士他們寶貴他們的頭腦，更寶貴他們的手足。機械還不能支配一切，於是苦力便需要了。所以你以為東鎮的小屋是最低等，瞧這兒？　……」

　　我在車中不停地注視。矮矮的木屋，有的蓋上幾十片薄瓦，有的簡直是用草坯。雞柵便在屋旁，疲臥的小狗瞪不起警視的眼睛，與西洋女人身後的狼犬不可比量！全是女人，孩子，她們的男子這時正在賺饅頭吃的地方工作，還沒有回來。

　　澎湃的濤聲在這片荒涼的海岸下響着單調的音樂，向東望，幾處高高矗立的煙突，如同一些高大的警察在空中俯瞰着一切。

　　「平民的房屋現在正在建築着，然而怎麼能夠用。這不是一個問題？」C君說。

　　我沒回答他。馬車穿過這裏，一些黃瘦污髒垂着鼻涕的孩子前前後後的呆看。

　　漸走漸近，不到半點鐘而市中心的紅綠光商標已經放射出刺激視覺的光彩，而流行的爵士音樂，與「我愛你」的小調機片聲音也可以聽得到了。

夜間，我獨自在南海岸的雜花道上逛了一會，想着往海濱公園，太遠了，便斜坐在棧橋北頭小公園的鐵橋上面前看。新建成的棧橋，深入海中的亭子，像一座燈塔。水聲在橋下面響得格外有力。有幾個遊人都很安閒地走着，聽不到什麼言語，彎曲的海岸遠遠地點綴着燈光，與橋北面的高大樓台的相映是一種夜色的對稱。

　　一天重遊的所見，很雜亂地在我的腦中映現。我想：不錯，這麼靜美而又清潔，一切並不比大都市缺乏什麼好的地方，無怪許多人到此來的很難離開。可是從另一方面說，還不是一樣，也有中國都市的缺陷。或者少點？雖然靜美，卻使人感到並不十分強健。理想的境界本來難找，可是除卻沉醉於靜美的環境中，想一想中國都市的病象，竟差不多！譬如這裏，已比別處好得多，然而有什麼更好的方法可以使這個靜美的地方更充實與健康呢？

　　我又想了，這個問題是普遍於各大都市之中的。……

一九三四年三月十九日

（選自《青紗帳》，上海：生活書店，1936 年）

槳聲燈影裏的秦淮河

俞平伯

我們消受得秦淮河上的燈影,當圓月猶皎的仲夏之夜。

在茶店裏吃了一盤豆腐乾絲,兩個燒餅之後,以歪歪的腳步趑上夫子廟前停泊着的畫舫,就懶洋洋躺到藤椅上去了。好鬱蒸的江南,傍晚也還是熱的。「快開船罷!」槳聲響了。

小的燈舫初次在河中蕩漾;於我,情景是頗朦朧,滋味是怪羞澀的。我要錯認它作七里的山塘;可是,河房裏明窗洞啟,映着玲瓏入畫的曲欄杆,頓然省得身在何處了。佩弦呢,他已是重來,很應當消釋一些迷惘的。但看他太頻繁地搖着我的黑紙扇。胖子是這個樣怯熱的嗎?

又早是夕陽西下,河上妝成一抹胭脂的薄媚。是被青溪的姊妹們所薰染的嗎?還是勻得她們臉上的殘脂呢?寂寂的河水,隨雙槳打它,終是沒言語。密匝匝的綺恨逐老去的年華,已都如蜜餳似的融在流波的心窩裏,連嗚咽也將嫌它多事,更那裏論到哀嘶。心頭,宛轉的悽懷;口內,俳徊的低唱;留在夜夜的秦淮河上。

在利涉橋邊買了一匣煙,蕩過東關頭,漸蕩出大中橋了。船兒悄悄地穿出連環着的三個壯闊的涵洞,青溪夏夜的韶華已如巨幅的畫豁然而抖落。哦!悽厲而繁的弦索,顫岔而澀的歌喉,雜着嚇哈的笑語聲,劈拍的竹牌響,更能把諸樓船上的華燈彩繪,顯出火

樣的鮮明，火樣的溫煦了。小船兒載着我們，在大船縫裏擠着，挨着，抹着走。它忘了自己也是今宵河上的一星燈火。

既踏進所謂「六朝金粉氣」的銷金鍋，誰不笑笑呢！今天的一晚，且默了滔滔的言說，且舒了惻惻的情懷，暫且學着，姑且學着我們平時認為在醉裏夢裏的他們的憨痴笑語。看！初上的燈兒們一點點掠剪柔膩的波心，梭織地往來，把河水都皴得微明了。紙薄的心旌，我的，盡無休息地跟着它們飄蕩，以致於怦怦而內熱。這還好說什麼的！如此說，誘惑是誠然有的，且於我已留下不易磨滅的印記。至於對榻的那一位先生，自認曾經一度擺脫了糾纏的他，其辯解又在何處，這實在非我所知。

我們，醉不以澀味的酒，以微漾着，輕暈着的夜的風華。不是什麼欣悅，不是什麼慰藉，只感到一種怪陌生，怪異樣的朦朧。朦朧之中似乎胎孕着一個如花的笑——這麼淡，那麼淡的倩笑。淡到已不可說，已不可擬，且已不可想；但我們終久是眩暈在它離合的神光之下的。我們沒法使人信它是有，我們不信它是沒有。勉強哲學地說，這或近於佛家的所謂「空」，既不當魯莽說它是「無」，也不能徑直說它是「有」，或者說「有」是有的，只因無可比擬形容那「有」的幻景；故從表面看，與「沒有」似不生分別。若定要我再說得具體些：譬如東風初勁時，直上高翔的紙鳶，牽線的那人兒自然遠得很了，知她是哪一家呢？但憑那鳶尾一縷飄綿的彩線，便容易揣知下面的人寰中，必有微紅的一雙素手，捲起輕綃的廣袖，牢擔荷小紙鳶兒的命根的。飄翔豈不是東風的力，又豈不是紙鳶的含德，但其根株卻將另有所寄。請問，這和紙鳶的省悟與否有何關係？故我們不能認笑是非有，也不能認朦朧即是笑。我們定應

當如此説，朦朧裏胎孕着一個如花的幻笑。和朦朧又互相混融着的；因為本來是淡極了，淡極了這麼一個。

漫題那些紛煩的話，船兒已將泊在燈火的叢中去了。對岸有盞跳動的汽油燈，佩弦便硬説它遠不如微黃的燈火。我簡直沒法和他分證那是非。

時有小小的艇子急忙忙打槳，向燈影的密流裏橫衝直撞。冷靜孤獨的油燈映見黯淡久的畫船（？）頭上，秦淮河姑娘們的靚妝。茉莉的香，白蘭花的香，脂粉的香，紗衣裳的香⋯⋯微波泛濫出甜的暗香，隨着她們那些船兒蕩，隨着我們這船兒蕩，隨着大大小小一切的船兒蕩。有的互相笑語，有的默然不響，有的襯着胡琴亮着嗓子唱。一個，三兩個，五六七個，比肩坐在船頭的兩旁，也無非多添些淡薄的影兒葬在我們的心上——太過火了，不至於罷，早消失在我們的眼皮上。誰都是這樣急忙忙的打着槳，誰都是這樣向燈影的密流裏衝撞着；又何況久沉淪的她們，又何況漂泊慣的我們倆。當時淺淺的醉，今朝空空的惆悵；老實説，咱們萍泛的綺思不過如此而已，至多也不過如此而已。你且別講，你且別想！這無非是夢中的電光，這無非是無明的幻相，這無非是以零星的火種微炎在大慾的根苗上。扮戲的咱們，散了場一個樣，然而，上場鑼，下場鑼，天天忙，人人忙。看！嚇！載送女郎的艇子才過去，貨郎旦的小船不是又來了？一盞小煤油燈，一艙的雜物，他也忙得來像手裏的搖鈴，這樣丁冬而郎當。

楊枝綠影下有條華燈璀璨的彩舫在那邊停泊。我們那船不禁也依傍短柳的腰肢，欹側地歇了。遊客們的大船，歌女們的艇子，靠着。唱的拉着嗓子；聽的歪着頭，斜着眼，有的甚至於跳過她們

的船頭。如那時有嚴重些的聲音，必然說：「這那裏是什麼旖旎風光！」咱們真是不知道，只模糊地覺着在秦淮河船上板起方正的臉是怪不好意思的。咱們本是在旅館裏，為什麼不早早入睡，掠着牙兒，領略那「臥後清宵細細長」；而偏這樣急急忙忙跑到河上來無聊浪蕩？

還說那時的話，從楊柳枝的亂鬢裏所得的境界，照規矩，外帶三分風華的。況且今宵此地，動蕩着有燈火的明姿。況且今宵此地，又是圓月欲缺未缺，欲上未上的黃昏時候。叮噹的小鑼，伊軋的胡琴，沉填的大鼓……弦吹聲騰沸遍了三里的秦淮河。喳喳嚷嚷的一片，分不出誰是誰，分不出那兒是那兒，只有整個的繁喧來把我們包填。彷彿都搶着說笑，這兒夜夜盡是如此的，不過初上城的鄉下老是第一次呢。真是鄉下人，真是第一次。

穿花胡蝶樣的小艇子多到不和我們相干。貨郎旦式的船，曾以一瓶汽水之故而攏近來，這是真的。至於她們呢，即使偶然燈影相偎而切掠過去，也無非瞧見我們微紅的臉罷了，不見得有什麼別的。可是誇口早哩！　——來了，竟向我們來了！不但是近，且攏着了。船頭傍着，船尾也傍着；這不但是攏着，且並着了。厮並着倒還不很要緊，且有人撲冬地跨上我們的船頭了。這豈不大吃一驚！幸而來的不是姑娘們，還好。（她們正冷冰冰地在那船頭上。）來人年紀並不大，神氣倒怪狡猾，把一扣破爛的手摺，攤在我們眼前，讓細瞧那些戲目，好好兒點個唱。他說：「先生，這是小意思。」諸君，讀者，怎麼辦？

好，自命為超然派的來看榜樣！兩船挨着，燈光愈皎，見佩弦的臉又紅起來了。那時的我是否也這樣？這當轉問他。（我希望我

的鏡子不要過於給我下不去。）老是紅着臉終久不能打發人家走路的，所以想個法子在當時是很必要。說來也好笑，我的老調是一味的默，或乾脆說個「不」，或者搖搖頭，擺擺手表示「決不」。如今都已使盡了。佩弦便進了一步，他嫌我的方術太冷漠了，又未必中用，擺脫糾纏的正當道路唯有辯解。好嗎！聽他說：「你不知道？這事我們是不能做的。」這是諸辯解中最簡潔，最漂亮的一個。可惜他所說的「不知道？」來人倒算有些「不知道！」辜負了這二十分聰明的反語。他想得有理由，你們為什麼不能做這事呢？因這「為什麼？」佩弦又有進一層的曲解。那知道更壞事，竟只博得那些船上人的一哂而去。他們平常雖不以聰明名家，但今晚卻又怪聰明，如洞徹我們的肺肝一樣的。這故事即對我情願講給諸君聽，怕有人未必願意哩。「算了罷，就是這樣算了罷；」恕我不再寫下了，以外的讓他自己說。

敍述只是如此，其實那時連翩而來的。我記得至少也有三五次。我們把它們一個一個的打發走路。但走的是走了，來的還正來。我們可以使它們走，我們不能禁止它們來。我們雖不輕被搖撼，但已有一點杌陧了。況且小艇上總載去一半的失望和一半的輕蔑，在槳聲裏彷彿狠狠地說，「都是呆子，都是吝嗇鬼！」還有我們的船家（姑娘們賣個唱，他可以賺幾個子的佣金。）眼看她們一個一個的去遠了，呆呆的蹲踞着，怪無聊賴似的。碰着了這種外緣，無怒亦無哀，唯有一種情意的緊張，使我們從頹弛中體會出掙扎來。這味道倒許很真切的，只恐不易為倦鴉似的人們所喜。

曾遊過秦淮河的到底乖些。佩弦告船家：「我們多給你酒錢，把船搖開，別讓他們來囉嗦。」自此以後，槳聲復響，還我以平靜

了，我們倆又漸漸無拘無束舒服起來，又滔滔不斷地來談談方才的經過。今兒是算怎麼一回事？我們齊聲說，慾的胎動無可疑的。正如水見波痕輕婉已極，與未波時究不相類。微醉的我們，洪醉的他們，深淺雖不同，卻同為一醉。接着來了第二問，既自認有慾的微炎，為什麼艇子來時又羞澀地躲了呢？在這兒，答語參差着。佩弦說他的是一種暗昧的道德意味，我說是一種似較深沉的眷愛。我只背誦豈君的幾句詩給佩弦聽，望他曲喻我的心胸。可恨他今天似乎有些發鈍，反而追着問我。

前面已是復成橋。青溪之東，暗碧的樹梢上面微耀着一桁的清光。我們的船就縛在枯柳樁邊待月。其時河心裏晃蕩着的，河岸頭歇泊着的各式燈船，望去，少說點也有十廿來隻。唯不覺繁喧，只添我們以幽甜。雖同是燈船，雖同是秦淮，雖同是我們；卻是燈影淡了，河水靜了，我們倦了，——況且月兒將上了。燈影裏的昏黃，和月下燈影裏的昏黃原是不相似的，又何況入倦的眼中所見的昏黃呢。燈光所以映她的穠姿，月華所以洗她的秀骨，以蓬騰的心焰跳舞她的盛年，以錫澀的眼波供養她的遲暮。必如此，才會有圓足的醉，圓足的戀，圓足的頹弛，成熟了我們的心田。

猶未下弦，一丸鵝蛋似的月，被纖柔的雲絲們簇擁上了一碧的遙天。冉冉地行來，冷冷地照着秦淮。我們已打槳而徐歸了。歸途的感念，這一個黃昏裏，心和境的交縈互染，其繁密殊超我們的言說。主心主物的哲思，依我外行人看，實在把事情說得太嫌簡單，太嫌容易，太嫌分明了。實有的只是渾然之感。就論這一次秦淮夜泛罷，從來處來，從去處去，分析其間的成因自然亦是可能；不過求得圓滿足盡的解析，使片段的因子們合攏來代替剎那間所體驗的

實有，這個我覺得有點不可能，至少於現在的我們是如此的。凡上所敍，請讀者們只看作我歸來後，回憶中所偶然留下的千百分之一二，微薄的殘影。若所謂「當時之感」，我決不敢望諸君能在此中窺得。即我自己雖正在這兒執筆構思，實在也無從重新體驗出那時的情景。說老實話，我所有的只是憶。我告諸君的只是憶中的秦淮夜泛。至於說到那「當時之感」，這應當去請教當時的我，而他久飛升了，無所存在。

……

涼月涼風之下，我們背着秦淮河走去，悄默是當然的事了。如回頭，河中的繁燈想定是依然。我們卻早已走得遠，「燈火未闌人散」，佩弦，諸君，我記得這就是在南京四日的酣嬉，將分手時的前夜。

一九二三，八，二二，北京

（選自《雜拌兒之一》，南昌：江西人民出版社，1982 年）

南京

朱自清

　　南京是值得留連的地方，雖然我只是來來去去，而且又都在夏天。也想誇說誇說，可惜知道的太少；現在所寫的，只是一個旅行人的印象罷了。

　　逛南京像逛古董舖子，到處都有些時代侵蝕的遺痕。你可以摩挲，可以憑弔，可以悠然遐想；想到六朝的興廢，王謝的風流，秦淮的豔跡。這些也許只是老調子，不過經過自家一番體貼，便不同了。所以我勸你上雞鳴寺去，最好選一個微雨天或月夜。在朦朧裏，才醞釀着那一縷幽幽的古味。你坐在一排明窗的豁蒙樓上，吃一碗茶，看面前蒼然蜿蜒着的台城。台城外明淨荒寒的玄武湖就像大滌子的畫。豁蒙樓一排窗子安排得最有心思，讓你看的一點不多，一點不少。寺後有一口灌園的井，可不是那陳後主和張麗華躲在一堆兒的「胭脂井」。那口胭脂井不在路邊，得破費點工夫尋覓。井欄也不在井上；要看，得老遠地上明故宮遺址的古物保存所去。

　　從寺後的園地，揀着路上台城；沒有垛子，真像平台一樣。踏在茸茸的草上，說不出的靜。夏天白晝有成群的黑蝴蝶，在微風裏飛；這些黑蝴蝶上下旋轉地飛，遠看像一根粗的圓柱子。城上可以望南京的每一角。這時候若有個熟悉歷代形勢的人，給你指點，隋兵是從這角進來的，湘軍是從那角進來的，你可以想像異樣裝束的隊伍，打着異樣的旗幟，拿着異樣的武器，洶洶湧湧地進來，遠遠

彷彿還有哭喊之聲。假如你記得一些金陵懷古的詩詞，趁這時候暗誦幾回，也可印證印證，許更能領略作者當日的情思。

從前可以從台城爬出去，在玄武湖邊；若是月夜，兩三個人，兩三個零落的影子，歪歪斜斜地挪移下去，夠多好。現在可不成了，得出寺，下山，繞着大彎兒出城。七八年前，湖裏幾乎長滿了葦子，一味地荒寒，雖有好月光，也不大能照到水上；船又窄，又小，又漏，教人逛着愁着。這幾年大不同了，一出城，看見湖，就有煙水蒼茫之意；船也大多了，有藤椅子可以躺着。水中岸上都光光的；虧得湖裏有五個洲子點綴着，不然便一覽無餘了。這裏的水是白的，又有波瀾，儼然長江大河的氣勢，與西湖的靜綠不同，最宜於看月，一片空蒙，無邊無界。若在微醺之後，迎着小風，似睡非睡地躺在藤椅上，聽着船底汩汩的波響與不知何方來的簫聲，真會教你忘卻身在哪裏。五個洲子似乎都局促無可看，但長堤宛轉相通，卻值得走走。湖上的櫻桃最出名。據說櫻桃熟時，遊人在樹下現買，現摘，現吃，談着笑着，多熱鬧的。

清涼山在一個角落裏，似乎人跡不多。掃葉樓的安排與豁蒙樓相彷彿，但窗外的景象不同。這裏是滴綠的山環抱着，山下一片滴綠的樹；那綠色真是撲到人眉宇上來。若許我再用畫來比，這怕像王石谷的手筆了。在豁蒙樓上不容易坐得久，你至少要上台城去看看。在掃葉樓上卻不想走；窗外的光景好像滿為這座樓而設，一上樓便什麼都有了。夏天去確有一股「清涼」味。這裏與豁蒙樓全有素麵吃，又可口，又賤。

莫愁湖在華嚴庵裏。湖不大，又不能泛舟，夏天卻有荷花荷葉。臨湖一帶屋子，憑欄眺望，也頗有遠情。莫愁小像，在勝棋樓

下，不知誰畫的，大約不很古吧；但臉子開得秀逸之至，衣褶也柔活之至，大有「揮袖凌虛翔」的意思；若讓我題，我將毫不躊躇地寫上「仙乎仙乎」四字。另有石刻的畫像，也在這裏，想來許是那一幅畫所從出；但生氣反而差得多。這裏雖也臨湖，因為屋子深，顯得陰暗些；可是古色古香，陰暗得好。詩文聯語當然多，只記得王湘綺的半聯云：「莫輕他北地胭脂，看艇子初來，江南兒女無顏色。」氣概很不錯。所謂勝棋樓，相傳是明太祖與徐達下棋，徐達勝了，太祖便賜給他這一所屋子。太祖那樣人，居然也會做出這種雅事來了。左手臨湖的小閣卻敞亮得多，也敞亮得好。有曾國藩畫像，忘記是誰橫題着「江天小閣坐人豪」一句。我喜歡這個題句，「江天」與「坐人豪」，景象闊大，使得這屋子更加開朗起來。

秦淮河我已另有記。但那文裏所說的情形，現在已大變了。從前讀《桃花扇》、《板橋雜記》一類書，頗有滄桑之感；現在想到自己十多年前身歷的情形，怕也會有滄桑之感了。前年看見夫子廟前舊日的畫舫，那樣狼狽的樣子，又在老萬全酒棧看秦淮河水，差不多全黑了，加上巴掌大，透不出氣的所謂秦淮小公園，簡直有些厭惡，再別提做什麼夢了。貢院原也在秦淮河上，現在早拆得只剩一點兒了。民國五年父親帶我去看過，已經荒涼不堪，號舍裏草都長滿了。父親曾經辦過江南闈差，熟悉考場的情形，說來頭頭是道。他說考生入場時，都有送場的，人很多，門口鬧嚷嚷的。天不亮就點名，搜夾帶。大家都歸號。似乎直到晚上，頭場題才出來，寫在燈牌上，由號軍扛着在各號裏走。所謂「號」，就是一條狹長的胡同，兩旁排列着號舍，口兒上寫着什麼天字號，地字號等等的。每一號舍之大，恰好容一個人坐着；從前人說是像轎子，真不

錯。幾天裏吃飯，睡覺，做文章，都在這轎子裏；坐的伏的各有一塊硬板，如是而已。官號稍好一些，是給達官貴人的子弟預備的，但得補褂朝珠地入場，那時是夏秋之交，天熱還，也夠受的。父親又說，鄉試時場外有兵巡邏，防備通關節。場內也豎起黑幡，叫鬼魂們有冤報冤，有仇報仇；我聽到這裏，有點毛骨悚然。現在貢院已變成碎石路；在路上走的人，怕很少想起這些事情的了吧？

明故宮只是一片瓦礫場，在斜陽裏看，只感到李太白《憶秦娥》的「西風殘照，漢家陵闕」二語的妙。午門還殘存着，遙遙直對洪武門的城樓，有萬千氣象。古物保存所便在這裏，可惜規模太小，陳列得也無甚次序。明孝陵道上的石人石馬，雖然殘缺零亂，還可見泱泱大風；享殿並不巍峨，只陵下的隧道，陰森襲人，夏天在裏面待着，涼風沁人肌骨。這陵大概是開國時草創的規模，所以簡樸得很；比起長陵，差得真太遠了。然而簡樸得好。

雨花台的石子，人人皆知；但現在怕也撿不着什麼了。那地方毫無可看。記得劉後村的詩云：「昔年講師何處在，高台猶以『雨花』名。有時寶向泥尋得，一片山無草敢生。」我所感的至多也只如此。還有，前些年南京槍決囚人都在雨花台下，所以洋車夫遇見別的車夫和他爭先時，常說，「憶什麼！趕雨花台去！」這和從前北京車夫說「趕菜市口兒」一樣。現在時移勢異，這種話漸漸聽不見了。

燕子磯在長江裏看，一片絕壁，危亭翼然，的確驚心動魄。但到了上邊，逼窄污穢，毫無可以盤桓之處。燕山十二洞，去過三個。只三台洞層層折折，由幽入明，別有匠心，可是也年久失修了。

南京的新名勝，不用説，首推中山陵。中山陵全用青白兩色，以象徵青天白日，與帝王陵寢用紅牆黃瓦的不同。假如紅牆黃瓦有富貴氣，那青琉璃瓦的享堂，青琉璃瓦的碑亭卻有名貴氣。從陵門上享堂，白石台階不知多少級，但爬得夠累的；然而你遠看，決想不到會有這麼多的台階兒。這是設計的妙處。德國波慈達姆無愁宮前的石階，也同此妙。享堂進去也不小；可是遠處看，簡直小得可以，和那白石的飛階不相稱，一點兒壓不住，彷彿高個兒戴着小尖帽。近處山角裏一座陣亡將士紀念塔，粗粗的，矮矮的，正當着一個青青的小山峰，讓兩邊兒的山緊緊抱着，靜極，穩極。——譚墓沒去過，聽説頗有點丘壑。中央運動場也在中山陵近處，全仿外洋的樣子。全國運動會時，也不知有多少照相與描寫登在報上；現在是時髦的游泳的地方。

　　若要看舊書，可以上江蘇省立圖書館去。這在漢西門龍蟠裏，也是一個角落裏。這原是江南圖書館，以丁丙的善本書室藏書為底子；詞曲的書特別多。此外中央大學圖書館近年來也頗有不少書。中央大學是個散步的好地方。寬大，乾淨，有樹木；黃昏時去兜一個或大或小的圈兒，最有意思。後面有個梅庵，是那會寫字的清道人的遺蹟。這裏只是隨宜地用樹枝搭成的小小的屋子。庵前有一株六朝松，但據説實在是六朝檜；檜陰遮住了小院子，真是不染一塵。

　　南京茶館裏乾絲很為人所稱道。但這些人必沒有到過鎮江、揚州，那兒的乾絲比南京細得多，又從來不那麼甜。我倒是覺得芝麻燒餅好，一種長圓的，剛出爐，既香，且酥，又白，大概各茶館都有。鹹板鴨才是南京的名產，要熱吃，也是香得好；肉要肥要厚，

才有咬嚼。但南京人都說鹽水鴨更好，大約取其嫩，其鮮；那是冷吃的，我可不知怎樣，老覺得不大得勁兒。

（選自《朱自清全集》1卷，南京：江蘇教育出版社，1988年）

揚州舊夢寄語堂

郁達夫

語堂兄：

> 亂擲黃金買阿嬌，窮來吳市再吹簫，
> 簫聲遠渡江淮去，吹到揚州廿四橋。

　　這是我在六七年前——記得是一九二八年的秋後，寫那篇《感傷的行旅》時瞎唱出來的歪詩；那時候的計劃，本想從上海出發，先在蘇州下車，然後去無錫，遊太湖，過常州，達鎮江，渡瓜步，再上揚州去的。但一則因為蘇州在戒嚴，再則因在太湖邊上受了一點虛驚，故而中途變計，當離無錫的那一天晚上，就直到了揚州城裏。旅途不帶詩韻，所以這一首打油詩的韻腳，是姜白石的那一首「小紅唱曲我吹簫」的老調，係憑着了車窗，看看斜陽衰草，殘柳蘆葦，哼出來的莫名其妙的山歌。

　　我去揚州，這時候還是第一次；夢想着揚州的兩字，在聲調上，在歷史的意義上，真是如何地豔麗，如何地夠使人魂銷而魄蕩！

　　竹西歌吹，應是玉樹後庭花的遺音；螢苑迷樓，當更是臨春結綺等沉檀香閣的進一步的建築。此外的錦帆十里，殿腳三千，後土祠瓊花萬朵，玉鈎斜青塚雙行，計算起來，揚州的古蹟，名區，以及山水佳麗的地方，總要有三年零六個月才逛得遍。唐宋文人的傾

倒於揚州，想來一定是有一種特別見解的；小杜的「青山隱隱水迢迢」，與「十年一覺揚州夢」，還不過是略帶感傷的詩句而已，至如「君王忍把平陳業，只換雷塘數畝田」，「人生只合揚州死，禪智山光好墓田」，那簡直是說揚州可以使你的國亡，可以使你的身死，而也決無後悔的樣子了，這還了得！

在我夢想中的揚州，實在太有詩意，太富於六朝的金粉氣了，所以那一次從無錫上車之後，就是到了我所最愛的北固山下，亦沒有心思停留半刻，便匆匆的渡過了江去。

長江北岸，是有一條公共汽車路築在那裏的；一落渡船，就可以向北直駛，直達到揚州南門的福運門邊。再過一條城河，便進揚州城了，就是一千四五百年以來，為我們歷代的詩人騷客所讚歎不置的揚州城，也就是你家黛玉的爸爸，在此撒下了孤兒升天成佛去的揚州城！

但我在到揚州的一路上，所見的風景，都平坦蕭殺，沒有一點令人可以留戀的地方，因而想起了晁無咎的《赴廣陵道中》的詩句：

> 醉臥符離太守亭，別都弦管記曾稱，
> 淮山楊柳春千里，尚有多情憶小勝。（小勝，勸酒女鬟也。）
> 急鼓冬冬下泗州，卻瞻金塔在中流，
> 帆開朝日初生處，船轉春山欲盡頭。
> 楊柳青青欲哺烏，一春風雨暗隋渠，
> 落帆未覺揚州遠，已喜淮陰見白魚。

才曉得他自安徽北部下泗州，經符離（現在的宿縣）由水道而去的，所以得見到許多景致，至少至少，也可以看到兩岸的垂楊和

江中的浮屠魚類。而我去的一路呢，卻只見了些道路樹的洋槐，和秋收已過的沙田萬頃，別的風趣，簡直沒有。連綠楊城廓是揚州的本地風光，就是自隋朝以來的堤柳，也看見得很少。

到了福運門外，一見了那一座新修的城樓，以及寫在那洋灰壁上的三個福運門的紅字，更覺得興趣索然了；在這一種城門之內的亭台園囿，或楚館秦樓，哪裏會有詩意呢？

進了城去，果然只見到了些狹窄的街道，和低矮的市廛，在一家新開的綠楊大旅社裏住定之後，我的揚州好夢，已經醒了一半了。入睡之前，我原也去逛了一下街市，但是燈燭輝煌，歌喉宛轉的太平景象，竟一點兒也沒有。「揚州的好處，或者是在風景，明天去逛瘦西湖，平山堂，大約總特別的會使我滿足，今天且好好兒的睡它一晚，先養養我的腳力吧！」這是我自己替自己解悶的想頭，一半也是真心誠意，想驅逐驅逐宿娼的邪念的一道符咒。

第二天一早起來，先坐了黃包車出天寧門去遊平山堂。天寧門外的天寧寺，天寧寺後的重寧寺，建築的確偉大，廟貌也十分的壯麗；可是不知為了什麼，寺裏不見一個和尚，極好的黃松材料，都斷的斷，拆的拆了，像許久不經修理的樣子。時間正是暮秋，那一天的天氣又是陰天，我身到了這大伽藍裏，四面不見人影，仰頭向御碑佛像以及屋頂一看，滿身出了一身冷汗，毛髮都倒豎起來了，這一種陰戚戚的冷氣，叫我用什麼文字來形容呢？

回想起二百年前，高宗南幸，自天寧門至蜀岡，七八里路，盡用白石鋪成，上面雕欄曲檻，有一道像頤和園昆明湖上似的長廊甬道，直達至平山堂下，黃旗紫蓋，翠輦金輪，妃嬪成隊，侍從如雲的盛況，和現在的這一條黃沙曲路，只見衰草牛羊的蕭條野景來一

比，實在是差得太遠了。當然頹井廢垣，也有一種令人發思古之幽情的美感，所以鮑明遠會作出那篇《蕪城賦》來；但我去的時候的揚州北郭，實在太荒涼了，荒涼得連感慨都教人抒發不出。

到了平山堂東面的功得山觀音寺裏，吃了一碗清茶，和寺僧談起這些景象，才曉得這幾年來，兵去則匪至，匪去則兵來，住的都是城外的寺院。寺的坍敗，原是應該，和尚的逃散，也是不得已的。就是蜀岡的一帶，三峰十餘個名刹，現在有人住的，只剩了這一個觀音寺了，連正中峰有平山堂在的法淨寺裏，此刻也沒有了住持的人。

平山堂一帶的建築，點綴，園囿，都還留着有一個舊日的輪廓；像平遠樓的三層高閣，依然還在，可是門窗卻沒有了；西園的池水以及第五泉的泉路，都還看得出來，但水卻乾涸了，從前的樹木，花草，假山，疊石，並其他的精舍亭園，現在只剩了許多痕跡，有的簡直連遺址都無尋處。

我在平山堂上，瞻仰了一番歐陽公的石刻像後，只能屁也不放一個，悄悄的又回到了城裏。午後想坐船了，去逛的是瘦西湖小金山五亭橋的一角。

在這一角清淡的小天地裏，我卻看到了揚州的好處。因為地近城區，所以荒廢也並不十分厲害；小金山這面的臨水之處，並且還有一位軍閥的別墅（徐園）建築在那裏，結構尚新，大約總還是近年來的新築。從這一塊地方，看向五亭橋法海塔去的一面風景，真是典麗裔皇，完全像北平中南海的氣象。至於近旁的寺院之類，卻又因為年久失修，談不上了。

瘦西湖的好處，全在水樹的交映，與遊程的曲折；秋柳影下，有紅蓼青萍，散浮在水面，扁舟擦過，還聽得見水草的鳴聲，似在暗泣。而幾個彎兒一繞，水面闊了，猛然間闖入眼來的，就是那一座有五個整齊金碧的亭子排立着的白石平橋，比金鰲玉蝀，雖則短些，可是東方建築的古典趣味，卻完全薈萃在這一座橋，這五個亭上。

　　還有船娘的姿勢，也很優美；用以撐船的，是一根竹竿，使勁一撐，竹竿一彎，同時身體靠上去着力，臂部腰部的曲線，和竹竿的線條，配合得異常勻稱，異常複雜。若當暮雨瀟瀟的春日，僱一個容顏姣好的船娘，攜酒與茶，來瘦西湖上回遊半日，倒也是一種賞心的樂事。

　　船回到了天寧門外的碼頭，我對那位船娘，卻也有點兒依依難捨的神情，所以就出了一個題目，要她在岸上再陪我一程。我問她：「這近邊還有好玩的地方沒有？」她說：「還有天寧寺、平山堂。」我說：「都已經去過了。」她說：「還有史公祠。」於是就由她帶路，抄過了天寧門，向東的走到了梅花嶺下。瓦屋數間，荒墳一座，有的人還說墳裏面葬着的只是史閣部的衣冠，看也原沒有什麼好看；但是一部《廿四史》掉尾的這一位大忠臣的戰績，是讀過《明史》的人，無不為之淚下的；況且經過《桃花扇》作者的一描，更覺得史公的忠肝義膽，活躍在紙上了；我在祠墓的中間立着想着；穿來穿去的走着；竟耽擱了那一位船娘不少的時間。本來是陰沉短促的晚秋天，到此竟垂垂欲暮了，更向東踏上了梅花嶺的斜坡，我的唱山歌的老病又發作了，就順口唱出了這麼的二十八字：

三百年來土一丘，史公遺愛滿揚州；
　　二分明月千行淚，並作梅花嶺下秋。

　　寫到這裏，本來是可以擱筆了，以一首詩起，更以一首詩終，豈不很合鴛鴦蝴蝶的體裁麼？但我還想加上一個總結，以醒醒你的騎鶴上揚州的迷夢。

　　總之，自大業初開邗溝入江渠以來，這揚州一郡，就成了中國南北交通的要道；自唐歷宋，直到清朝，商業集中於此，冠蓋也雲屯在這裏。既有了有產及有勢的階級，則依附這階級而生存的奴隸階級，自然也不得不產生。貧民的兒女，就被他們強迫作婢妾，於是乎就有了杜牧之的青樓薄幸之名。所謂「春風十里揚州路」者，蓋指此。有了有錢的老爺，和美貌的名娼，則飲食起居（園亭），衣飾犬馬，名歌豔曲，才士雅人（幫閒食客），自然不得不隨之而俱興，所以要腰纏十萬貫，才能逛揚州者，以此。但是鐵路開後，揚州就一落千丈，蕭條到了極點。從前的運使，河督之類，現在也已經駐上了別處；殷實商戶，巨富鄉紳，自然也分遷到了上海或天津等洋大人的保護之區，故而目下的揚州只剩了一個歷史上的剝制的虛殼，內容便什麼也沒有了。

　　揚州之美，美在各種的名字，如綠楊村，廿四橋，杏花村舍，邗上農桑，尺五樓，一粟庵等；可是你若辛辛苦苦，尋到了這些最風雅也沒有的名稱的地方，也許只有一條斷石，或半間泥房，或者簡直連一條斷石，半間泥房都沒有的。張陶庵有一冊書，叫作《西湖夢尋》，是說往日的西湖如何可愛，現在卻不對了；可是你若到揚州去尋夢，那恐怕要比現在的西湖還更不如。

你既不敢遊杭，我勸你也不必遊揚，還是在上海夢裏想像歐陽公的平山堂，王阮亭的紅橋，《桃花扇》裏的史閣部，《紅樓夢》裏的林如海，以及鹽商的別墅，鄉宦的妖姬，倒來得好些。枕上的盧生，若長不醒，豈非快事。一遇現實，那裏還有 *Dichtung* 呢！

一九三五年五月

（選自《人間世》第 28 期，1935 年 5 月 20 日）

西湖的雪景

鍾敬文

　　從來談論西湖之勝景的，大抵注目於春夏兩季，而各地遊客，也多於此時翩然來臨。——秋季遊人已暫少，入冬後，則更形疏落了。這當中自有其所以然的道理。春夏之間，氣溫和暖，湖上風物，應時佳勝，或「雜花生樹，群鶯亂飛」，或「浴晴鷗鷺爭飛，拂袂荷風薦爽」，都是要教人眷眷不易忘情的。於此時節，往來湖上，沉醉於柔媚芳馨的情味中，誰說不應該呢？但是春花固可愛，秋月不是也要使人銷魂麼？四時的煙景不同，而真賞者各能得其佳趣；不過，這未易泛求於一般人罷了。高深父先生曾告訴過我們：「若能高朗其懷，曠達其意，超塵脫俗，別具天眼，攬景會心，便得真趣。」這是前人深於體驗的話。

　　自宋朝以來，平章西湖風景的，有所謂「西湖十景」，「錢塘十景」之說，雖裏面也曾列入「斷橋殘雪」，「孤山霽雪」兩個名目，但實際上，真的會去賞玩這種清寒的景致的，怕沒有很多人吧。《四時幽賞錄》的著者，在「冬時幽賞」門中，言及雪景的，幾佔十分的七八，其名目有「雪霽策蹇尋梅」，「三茅山頂望江天雪霽」，「西溪道中玩雪」，「掃雪烹茶玩畫」，「山窗聽雪敲竹」，「雪後鎮海樓觀晚炊」等。其中大半所述景色，讀了不禁移人神思，固不徒文字粹美而已呢。

西湖的雪景，我共玩了兩次。第一次是在此間初下雪的第三天。我於午前十點鐘時才出去。一個人從校門乘黃包車到湖濱，下車，徒步走出錢塘門，經白堤，旋轉入孤山路，沿孤山西行，到西泠橋，折由大道回來。此次雪本不大，加以出去時間太遲，山野上蓋着的，大都已消去，所以沒有什麼動人之處。現在我要細述的，是第二次的重遊呢。

那天是一月念四日。因為在牀上感到意外冰冷之故，清晨初醒來時，我便推知昨宵是下了雪。果然，當我打開房門一看時，對面房屋的瓦上全變成白色了，天井中一株木樨花的枝葉上，也黏綴着一小堆一小堆的白粉。詳細的看去，覺得比日前兩三回所下的都來得大些，因為以前的雖然也鋪蓋了屋頂，但有些瓦溝上卻仍然是黑色。這天卻一色地白着，絕少鋪不勻的地方了。並且都厚厚的，約莫有一兩寸高的程度。日前的雪，雖然鋪滿了屋頂，但於木樨花樹，卻好像全無關係似的，這回它可不免受影響了。這也是雪落得比較大些的明證。

老李照例是起得很遲的。有時我上了兩課下來，才看見他在房裏穿衣服，預備上辦公廳去。這天，我起來跑到他的房裏，把他叫醒之後，他猶帶着幾分睡意的問我道：「老鍾，今天外面有沒有下雪？」我回答他說：「不但有呢，並且頗大。」他起初懷疑着，直待我把窗內的白布幔拉開，讓他望見了屋頂才肯相信。「老鍾，我們今天到靈隱去耍子吧？」他很高興地說。我「哼」的應了一聲，便回到自己的房裏來了。

我們在校門上車時，大約已九點鐘左右了，時小雨霏霏，冷風拂人如潑水。從車簾兩旁缺處望出去：路旁高起之地，和所有一切

高低不平的屋頂，都撒着白麵粉似的，又如鋪陳着新打好的棉被一般。街上的已經大半變成雪泥，車子在上面碾過，不絕的發生唧唧的聲音，與車輪轉動時磨擦着中間橫木的音響相雜。

我們到了湖濱，便換登汽車。往時這條路線的搭客是相當熱鬧的，現在卻很零落了。同車的不到十個人，為遨遊而來的客人還怕沒有一半。當車駛過白堤時，我們向車外眺望內外湖風景，但見一片迷濛的水氣瀰漫着，對面的山峰，只有一個幾於辨不清楚的薄影。葛嶺、寶石山這邊，因為距離比較密邇的原故，山上的積雪和樹木，大略可以看得出來；但地位較高的保俶塔，便陷於朦朧中了。到西泠橋前近時，再回望湖中，見湖心亭四圍枯禿的樹幹，好似怯寒般的在那裏呆立着，我不禁聯想起《陶庵夢憶》中一段情詞幽逸的文字來：

> 崇禎五年十二月，余住西湖。大雪三日，湖中人鳥聲俱絕。是日更定矣，余拿一小舟，擁毳衣爐火，獨往湖心亭，看雪霧淞沆碭，天與雲與水上下一白，湖上影子，唯長堤一痕，湖心亭一點，與余舟一芥，舟中人兩三粒而已。到亭上有兩人鋪氈對坐，一童子燒酒，爐正沸，見余大喜，曰：「湖中焉得更有此人！」拉余同飲，余強飲三大白而別。問其姓氏，是金陵人，客此。及下船，舟子喃喃曰：「莫說相公痴，更有痴似相公者！」（《湖心亭看雪》）

不知這時的湖心亭上，尚有此種痴人否？心裏不覺漠然了一會。車過西泠橋以後，車暫駛行於兩邊山嶺林木連接着的野道中。所有的山上，都堆積着很厚的雪塊，雖然不能如瓦屋上那樣鋪填得

均匀普遍，那一片片清白的光彩，卻盡夠使我感到宇宙的清寒、壯曠與純潔。常綠樹的枝葉上所堆着的雪，和枯樹上的很有差別。前者因為有葉子襯托着之故，雪片特別堆積得大塊點，遠遠望去，如開滿了的白的山茶花，或吾鄉的水錦花。後者，則只有一小小塊的雪片能夠在上面黏着不墮落下去，與剛着花的梅李樹絕地相似。實在，我初頭幾乎把那些近在路旁的幾株錯認了。野上半黃或全赤了的枯草，多壓在兩三寸厚的雪褥下面；有些枝條軟弱的樹，也被壓抑得欹欹倒倒的。路上行人很稀少。道旁野人的屋裏，時見有衣飾破舊而笨重的老人、童子，在圍着火爐取暖。看了那種古樸清貧的情況，彷彿令我暫時忘懷了我們所處時代的紛擾、繁遽了。

到了靈隱山門，我們便下車了。一走進去，空氣怪清冷的，不但沒有遊客，往時那些賣念珠、古錢、天竺筷子的小販子也不見了。石道上鋪積着頗深的雪泥。飛來峰疏疏落落的着了許多雪塊，清冷亭及其他建築物的頂面，一例的密蓋着純白色的氈毯。一個拍照的，當我們剛進門時，便緊緊的跟在後面，因為老李的高興，我們便在清冷亭旁照了兩個影。

好奇心打動着我，使我感覺到眼前所看到的之不滿足，而更向處境較幽深的韜光庵去。我悄悄地盡移着步向前走，老李也不聲張的跟着我。從靈隱寺到韜光庵的這條山徑，實際上雖不見怎樣的長，但頗深曲而饒於風致。這裏的雪，要比城中和湖上各處都大些，在徑上的雪塊，大約有半尺來厚，兩旁樹上的積雪，也比來路上所見的濃重。曾來遊玩過的人，該不會忘記的吧，這條路上兩旁是怎樣的繁植着高高的綠竹。這時，竹枝和竹葉上，大都着滿了雪，向下低低地垂着。《四時幽賞錄》山窗聽雪敲竹條云：「飛雪有

聲，唯在竹間最雅。山窗寒夜，時聽雪灑竹林，淅瀝蕭蕭，連翩瑟瑟，聲韻悠然，逸我清聽。忽爾回風交急，折竹一聲，使我寒氈增冷。」這種風味，可惜我們是沒有福分消受的。

在冬天，本來是遊客冷落的時候，何況這樣雨雪清冷的日子呢？所以當我們跑到庵裏時，別的遊客一個都沒有，——這在我們上山時看山徑上的足跡便可以曉得的——而僧人的眼色裏，並且也有一種覺得怪異的表示。我們一直跑上最後的觀海亭。那裏石階上下都厚厚地堆滿了水沫似的雪，亭前的樹上，雪着得很重，在雪的下層並結了冰塊。旁邊有幾株山茶花，正在豔開着粉紅色的花朵。那花朵有些墮下來的，半掩在雪花裏，紅白相映，色彩燦然，使我們感到華而不俗，清而不寒；因而聯憶起那「天寒翠袖薄，日暮倚修竹」的佳人來。

登上這亭，在平日是可以近瞰西湖，遠望浙江，甚而至於那浩茫的滄海的，可是此刻卻不能了。離庵不遠的山嶺、僧房、竹樹，尚勉強可見，稍遠則封鎖在茫漠的煙霧裏了。

> 空齋跼壁臥，忽夢溪山好。
> 朝騎禿尾驢，來尋雪中道。
> 石壁引孤松，長空沒飛鳥。
> 不見遠山橫，寒煙起林杪。

《雪中登黃山》

我倚着亭柱，默默地在咀嚼着漁洋這首五言詩的清妙；尤其是結尾兩句，更道破了雪景的三昧。但説不定許多沒有經驗的人，要

妄笑它是無味的詩句呢。文藝的真賞鑒，本來是件不容易的事，這又何必咄咄見怪？自己解說了一番，心裏也就釋然了。

本來擬在僧房裏吃素麵的，不知為什麼，竟跑到山門前的酒樓喝酒了。老李不能多喝，我一個人也就無多興致乾杯了。在那裏，我把在山徑上帶下來的一團冷雪，放進在酒杯裏混着喝。堂倌看了說：「這是上頂的冰其淋呢。」

半因為等不到汽車，半因為想多玩一點雪景，我們決意步行到岳墳才叫划子去遊湖。一路上，雖然走的是來時汽車經過的故道，但在徒步觀賞中，不免覺得更有情味了。我們的革履，踏着一兩寸厚的雪泥前進，頻頻地發出一種清脆的聲音。有時路旁樹枝上的雪片，忽然丟了下來，着在我們的外套上，正前人所謂「玉墮冰柯，沾衣生濕」的情景。我遲回着我的步履，曠展着我的視域，油然有一脈濃重而靈秘的詩情，浮上我的心頭來，使我幽然意遠，漠然神凝。鄭綮對人說他的詩思，在灞橋風雪中，驢背上，真是懂得冷趣的說法。

當我們在岳王廟前登舟時，雪又紛紛的下起來了。湖裏除了我們的一隻小划子以外，再看不到別的舟楫。平湖漠漠，一切都沉默無嘩。舟穿過西泠橋，緩泛裏西湖中，孤山和對面諸山及上下的樓亭房屋，都白了頭，在風雪中兀立着。山徑上，望不見一個人影；湖面連水鳥都沒有蹤跡，只有亂飄的雪花墮下時，微起些漣漪而已。柳宗元詩云：「千山飛鳥絕，萬徑人蹤滅。孤舟蓑笠翁，獨釣寒江雪。」我想這時如果有一個漁翁在垂釣，它很可以借來說明眼前的景物呢。

舟將駛近斷橋的時候，雪花飛飄得更其凌亂，我們向北一面的外套，差不多大半白而且濕了。風也似乎吹得格外緊勁些，我的臉不能向它吹來的方面望去。因為革履滲進了雪水的緣故，雙足尤冰凍得難忍。這時，從來不多開過口的舟子，忽然問我們道：「你們覺得此處比較寒冷麼？」我們問他什麼緣故，據說是寶石山一帶的雪山風吹過來的原因。我於是默默的聯想到智識的範圍和它的獲得等重大的問題上去了。

　　我們到湖濱登岸時，已是下午三點多鐘了。公園中各處都堆滿了雪，有些已經變成了泥濘。除了極少數在等生意的舟子和別的苦力之外，平日朝夕在此間舒舒地來往着的少男少女，老爺太太，此時大都密藏在「銷金帳中，低斟淺酌，飲羊羔美酒」，——至少也靠在騰着紅焰的火爐旁，陪伴家人或摯友，無憂慮地在大談其閒天。——以享樂着他們「幸福」的時光，再不願來這風狂雪亂的水涯，消受貧窮人所慣受的寒冷了！

　　這次的薄遊，雖然也給了我些牢騷和別的苦味，但我要用良心做擔保的說，它所給予我的心靈深處的歡悅，是無窮地深遠的！可惜我的詩筆鈍禿了，否則，我將如何超越了一切古詩人的狂熱地歌詠着它呢！

　　好吧，容我在這兒誠心瀝情地說一聲：謝謝雪的西湖，謝謝西湖的雪！

十八年一月末日寫成

（選自《西湖漫拾》，上海：北新書局，1929 年）

西湖船

豐子愷

二十年來，西湖船的形式變了四次。我小時在杭州讀書，曾經傍着西湖住過五年。畢業後供職上海，春秋佳日也常來遊。現在蟄居家鄉，離杭很近，更常到杭州小住。因此我親眼看見西湖船的逐漸變形。每次坐到船裏，必有一番感想。但每次上了岸就忘記，不再提起。今天又坐了西湖船回來，心緒殊惡，就拿起筆來，把感想記錄一下。西湖船的形式，二十年來變了四次，但是愈變愈壞。

西湖船的基本形式，是有白篷的兩頭尖的扁舟。這至今還是不變。常變的是船艙裏的客人的座位。二十年前，西湖船的座位是一條藤穿的長方形木框。背後有同樣藤穿的長方形木框，當作靠背。這些木框塗着赭黃的油漆，與船身為同色或同類色，分明地表出它是這船的裝置的一部分。木框上的藤，穿成冰梅花紋樣。每一小孔都通風，一望而知為軟軟的坐墊與靠背，因此坐下去心地是很好的。靠背對坐墊的角度，比九十度稍大——大約一百度。既不像舊式廳堂上的太師椅子那麼豎得筆直，使人坐了腰痛；也不像醉翁椅那麼放得平坦，使人坐了起不身來。靠背的木框，像括弧般微微向內彎曲，恰好切合坐者的背部的曲線。因此坐下去身體是很舒服的。原來遊玩這件事體，說它近於旅行，又不願像旅行那麼肯吃苦；說它類似休養，又不願像休養那麼貪懶惰。故西湖船的原始的（姑且以我所見為主，假定二十年前的為原始的）形式，我認為

是最合格的遊船形式。倘然座位再簡陋，換了木板條，遊人坐下去就嫌太吃力；倘然座位再舒服，索性換了醉翁椅，遊人躺下去又嫌太萎靡，不適於觀賞山水了。只有那種藤穿的木框，使遊人坐下去軟軟的，靠上去又軟軟的，而身體姿勢又像坐在普通凳子上一般，可以自由轉側，可以左顧右盼。何況他們的形狀，質料與顏色，又與船的全部十分調和，先給遊人以恰好的心情呢！二十年前，當我正在求學的時候，西湖裏的船統是這種形式的。早春晚秋，船價很便宜，學生的經濟力也頗能勝任。每逢星期日，出三四毛錢僱一隻船，載着二三同學，數冊書，一壺茶，幾包花生米，與幾個饅頭，便可優遊湖中，盡一日之長。尤其是那時候的搖船人，生活很充裕，樣子很寫意，一面打槳，一面還有心情對我們閒談自己的家庭，西湖的掌故，以及種種笑話。此情此景，現在回想了不但可以神往，還可以憑着追憶而寫幾幅畫，吟幾首詩呢。因為那種船的座位好，坐船人的姿勢也好；搖船人寫意，坐船人更加寫意；隨時隨地可以吟詩入畫。「野航恰受兩三人」。「恰受」兩字的狀態，在這種船上最充分地表出着。

我離杭後，某年春，到杭遊西湖，忽然發見有許多船的座位變了形式。藤式木框被撤去，改用了長的藤椅子，後面也有靠背，兩旁又有靠手，不過全體是藤編的。這種藤椅子，坐的地方比以前的加闊，靠背也比以前的加高，坐上去固然比前舒服。但在形式上，殊不及以前的好看。為了船身全是木的，椅子全是藤的，二者配合不甚調和。在人家屋裏，木的幾桌旁邊也常配着藤椅子，並不覺得很不調和。這是屋與船情形不同之故。屋的場面大，其所要求的統一不甚嚴格。船的局面小，一望在目，全體渾成一個單位。其形式與質料，當然要求嚴格的統一。故在廣大的房間裏，木的幾桌旁邊

放了藤椅子，不覺得十分異樣；但在小小的一葉扁舟中放了藤椅，望去似覺這是臨時暫置性質的東西，對於船身毫無有機的關係。此外還有一種更大的不快：搖船人為了這兩張藤椅子的設備費浩大，常向遊客訴苦，希望多給船錢。有的自己告白：為了同業競爭得厲害，不得已，當了衣物置備這兩隻藤椅的。我們回頭一看，見他果然穿一件破舊的夾衣，當着料峭的東風，坐在船頭上很狹窄的尖角裏，為了我們的悅目賞心而勞動着。我們的衣服與他的衣服，我們的座位與他的座位，我們的生活與他的生活，同在一葉扁舟之中，相距咫尺之間，兩兩對比之下，怎不令人心情不快？即使我們力能多給他船錢，這種不快已在遊湖時生受了。當時我想：這種藤椅雖然表面光潔平廣，使遊客的身體感到舒服；但其質料形式缺乏統一性，使遊客的眼睛感到不舒服；其來源由於營業競爭的壓迫，使遊客的心情感到更大的不快。得不償失，西湖船從此變壞了！

其後某年春，我又到杭州遊西湖。忽然看見許多西湖船的座位，又變了形式。前此的長藤椅已被撤去，改用了躺藤椅，其表面就同普通人家最常見的躺藤椅一樣。這變化比前又進一步，即不但全變了椅的質料，又全變了椅的角度。坐船的人若想靠背，須得仰躺下來，把眼睛看着船篷。船篷看厭了，或是想同對面的人談談，須得兩臂使個勁道，支撐起來，四周懸空地危坐着，讓藤靠背像尾巴一般拖在後面。這料想是船家營業競爭愈趨厲害，於是苦心窺察遊客貪舒服的心理而創製的。他們看見遊湖來的富紳，貴客，公子，小姐，大都腳不着地，手不着物，一味貪圖安逸。他們為營生起見，就委曲迎合這種遊客的心理，索性在船裏放兩把躺藤椅，讓他們在湖面上躺來躺去，像浮屍一般。我在這裏看見了世紀末的痼疾的影跡：十九世紀末的頹廢主義的精神，得了近代科學與物質文

明的助力，在所謂文明人之間長養了一種貪閒好逸的風習。起居飲食器用雜物，處處力求便利；名曰增加工作能率，暗中難免汩沒了耐勞習苦的美德，而助長了貪閒好逸的惡習。西湖上自從那種用躺藤椅的遊船出現之後，不拘它們在遊湖的實用上何等不適宜，在遊船的形式上何等不美觀，世間自有許多人歡迎它們，使它們風行一時。這不是頹廢精神的遺毒所使然麼？正當的遊玩，是辛苦的慰安，是工作的預備。這決不是放逸，更不是養病。但那種西湖船載了仰天躺着的遊客而來，我初見時認真當作載來的是一船病人呢。

最近某年春，我又到杭州遊西湖，忽然看見許多西湖船的座位又變了形式。前此的躺藤椅已被撤去，改用了沙發。厚得「木老老」的兩塊彈簧墊，有的裝着雪白的或淡黃的布套；有的裝着紫醬色的皮，皮面上劃着斜方形的格子，好像頭等火車中的座位。沙發這種東西，不必真坐，看看已夠舒服之至了。但在健康人，也許真坐不及看看的舒服。它那臉皮半軟半硬，對人迎合得十分周到，體貼得無微不至，有時使人肉麻。它那些彈簧能屈能伸，似抵抗又不抵抗，有時使人難過。這又好似一個陷阱，翻了進去一時爬不起來。故我只有十分疲勞或者生病的時候，懂得沙發的好處；若在健康時，我常覺得看別人坐比自己坐更舒服。但西湖船裏裝沙發，情形就與室內不同。在實用上說，當然是舒服的：坐上去感覺很溫軟，與西湖春景給人的感覺相一致。靠背的角度又不像躺藤椅那麼大，坐着閒看閒談也很自然。然而倘把西湖船當作一件工藝品而審察它的形式，這配合就不免唐突。因為這些船身還是舊式的，還是二十年前裝藤穿木框的船身，只有座位的部分奇跡地換了新式的彈簧坐墊，使人看了發生「時代錯誤」之感。若以彈簧坐墊為標準，則船身的形式應該還要造得精密，材料應該還要選得細緻，油漆應

該還要配得美觀，船篷應該還要張得整齊，搖船人的臉孔應該還要有血氣，不應該如此憔悴；搖船人的衣服應該還要楚楚，不應該教他穿得像叫化子一般襤褸。我今天就坐了這樣的一隻西湖船回來，在船中起了上述的種種感想，上岸後不能忘卻。現在就把它們記錄在這裏。總之西湖船的形式，二十年來，變了四次。但是愈變愈壞，變壞的主要原因，是遊客的座位愈變愈舒服，愈變愈奢華；而船身愈變愈舊，搖船人的臉孔愈變愈憔悴，搖船人的衣服愈變愈襤褸。因此形成了許多不調和的可悲的現象，點綴在西湖的駘蕩春光之下，明山秀水之中。

一九三六年二月二十七日作

（選自《豐子愷散文選集》，上海：上海文藝出版社，1981年）

巷
龍山雜記之一

柯靈

　　巷，是城市建築藝術中一篇飄逸恬靜的散文，一幅古雅沖淡的圖畫。

　　這種巷，常在江南的小城市中，有如古代的少女，躲在僻靜的深閨，輕易不肯拋頭露面。你要在這種城市裏住久了，和它真正成了莫逆，你才有機會看見她，接觸到她優嫻貞靜的風度。它不是鄉村的陋巷，湫隘破敗，泥濘坎坷，雜草亂生，兩旁還排列着錯落的糞缸。它也不是上海的里弄，鱗次櫛比的人家，擁擠得喘不過氣；小販憧憧來往，黝黯的小門邊，不時走出一些趿着拖鞋的女子，頭髮亂似臨風飛舞的秋蓬，眼睛裏網滿紅絲，臉上殘留着不調和的隔夜脂粉，頹然地走到老虎灶上去提水。也不像北地的胡同，滿目塵土，風起處颳着彌天的黃沙。

　　這種小巷，隔絕了市廛的紅塵，卻又不是鄉村風味。它又深又長，一個人耐心靜靜走去，要老半天才走完。它又這麼曲折，你望着前面，好像已經堵塞了，可是走了過去，一轉彎，依然是巷陌深深，而且更加幽靜。那裏常是悄悄的，寂寂的，不論什麼時候，你向巷中踅去，都如寧靜的黃昏，可以清晰地聽到自己的足音。不高不矮的圍牆擋在兩邊，斑斑駁駁的苔痕，牆上掛着一串串蒼翠欲滴

的藤蘿，簡直像古樸的屏風。牆裏常是人家的竹園，修竹森森，天籟細細；春來時還常有幾枝嬌豔的桃花杏花，娉娉婷婷，從牆頭殷勤地搖曳紅袖，向行人招手。走過幾家牆門，那是緊緊地關着，不見一個人影，因為那都是人家的後門。偶然躺着一隻狗，但是決不會對你猙猙地狂吠。

小巷的動人處就是它無比的悠閒，只要你到巷裏去躑躅一會，心情就會如巷尾的古井，那是一種和平的靜穆，而不是陰森和蕭殺。它鬧中取靜，別有天地，仍是人間。它可能是一條現代的烏衣巷，家家有自己的一本哀樂帳，一部興衰史，可是重門疊戶，諱莫如深，夕陽影裏，野草閒花，燕子低飛，尋覓舊家。只是一片澄明如水的氣氛，淨化一切，籠罩一切，使人忘憂。

你是否覺得工作身心兩乏？我勸你公餘之暇，常到小巷裏走走，那是最好的將息，會使你消除疲勞，緊張的心弦得到調整。你如果有時情緒煩躁，心境悒鬱，我勸你到小巷裏負手行吟一陣，你一定會豁然開朗，怡然自得，物我兩忘。你有愛人嗎？我建議不要帶了她去什麼名園勝境，還是利用晨昏時節，到深巷中散散步。在那裏，你們倆可以隨意談天，心貼得更近，在街上那種貪婪的睨視，惡意的斜覷，巷裏是沒有的；偶然呀的一聲，牆門口顯現出一個人影，又往往是深居簡出的姑娘，看見你們，會嬌羞地返身迴避了。

巷，是人海洶洶中的一道避風塘，給人帶來安全感；是城市喧囂擾攘中的一帶洞天幽境，勝似皇家的閣道，便於平常百姓徘徊徜徉。

愛逐臭爭利，錙銖必較的，請到長街鬧市去；愛輕嘴薄舌，爭是論非的，請到茶館酒樓去；愛鑼鼓鉦鐺，管弦嗷嘈的，請到歌台劇院去；愛寧靜淡泊，沉思默想的，深深的小巷在歡迎你！

一九三〇年秋

（選自《柯靈散文選》，北京：人民文學出版社，1983 年）

飲食男女在福州

郁達夫

福州的食品，向來就很為外省人所賞識；前十餘年在北平，說起私家的廚子，我們總同聲一致的贊成劉崧生先生和林宗孟先生家裏的蔬菜的可口。當時宣武門外的忠信堂正在流行，而這忠信堂的主人，就係舊日劉家的廚子，曾經做過清室的御廚房的。上海的小有天以及現在早已歇業了的消閒別墅，在粵菜還沒有征服上海之先，也曾盛行過一時。麵食裏的伊府麵，聽說還是汀州伊墨卿太守的創作；太守住揚州日久，與袁子才也時相往來，可惜他沒有像隨園老人那麼的好事，留下一本食譜來，教給我們以烹調之法；否則，這一個福建薩伐郎（Savarin）的榮譽，也早就可以馳名海外了。

福建菜的所以會這樣著名，而實際上卻也實在是豐盛不過的原因，第一、當然是由於天然物產的富足。福建全省，東南並海，西北多山，所以山珍海味，一例的都賤如泥沙。聽說沿海的居民，不必憂慮飢餓，大海潮回，只消上海濱去走走，就可以拾一籃海貨來充作食品。又加以地氣溫暖，土質腴厚，森林蔬菜，隨處都可以培植，隨時都可以採擷。一年四季，筍類菜類，常是不斷；野菜的味道，吃起來又比別處的來得鮮甜。福建既有了這樣豐富的天產，再加上以在外省各地游宦營商者的數目的眾多，作料採從本地，烹製學自外方，五味調和，百珍並列，於是乎閩菜之名，就喧傳在饕餮

家的口上了。清初周亮工著的《閩小紀》兩卷，記述食品處獨多，按理原也是應該的。

福州海味，在春三二月間，最流行而最肥美的，要算來自長樂的蚌肉，與海濱一帶多有的蠣房。《閩小紀》裏所説的西施舌，不知是否指蚌肉而言；色白而腴，味脆且鮮，以雞湯煮得適宜，長圓的蚌肉，實在是色香味俱佳的神品。聽説從前有一位海軍當局者，老母病劇，頗思鄉味；遠在千里外，欲得一蚌肉，以解死前一刻的渴慕，部長純孝，就以飛機運蚌肉至都。從這一件軼事看來，也可想見這蚌肉的風味了；我這一回趕上福州，正及蚌肉上市的時候，所以紅燒白煮，吃盡了幾百個蚌，總算也是此生的豪舉，特筆記此，聊志口福。

蠣房並不是福州獨有的特產，但福建的蠣房，卻比江浙沿海一帶所產的，特別的肥嫩清潔。正二三月間，沿路的攤頭店裏，到處都堆滿着這淡藍色的水包肉；價錢的廉，味道的鮮，比到東坡在嶺南所貪食的蠔，當然只會得超過。可惜蘇公不曾到閩海去謫居，否則，陽羨之田，可以不買，蘇氏子孫，或將永寓在三山二塔之下，也説不定。福州人叫蠣房作「地衣」，略帶「挨」字的尾聲，寫起字來，我想只有「蚔」字，可以當得。

在清初的時候，江瑤柱似乎還沒有現在那麼的通行，所以周亮工再三的稱道，譽有逸品。在目下的福州，江瑤柱卻並沒有人提起了，魚翅席上，缺少不得的，倒是一種類似寧波橫腳蟹的蟹，福州人叫作「新恩」，《閩小紀》裏所説的虎，大約就是此物。據福州人説，肉最滋補，也最容易消化，所以產婦病人以及體弱的人，往

往愛吃。但由對蟹類素無好感的我看來，卻仍贊成周亮工之言，終覺得質粗味劣，遠不及蚌與蠣房或香螺的來得乾脆。

福州海味的種類，除上述的三種以外，原也很多很多；但是別地方也有，我們平常在上海也常常吃得到的東西，記下來也沒有什麼價值，所以不說。至於與海錯相對的山珍哩，卻更是可以乾製，可以輸出的東西，益發的沒有記述的必要了，所以在這裏只想說一說叫作肉燕的那一種奇異的包皮。

初到福州，打從大街小巷裏走過，看見好些店家，都有一個大砧頭擺在店中；一兩位壯強的男子，拿了木錐，只在對着砧上的一大塊豬肉，一下一下地死勁地敲。把豬肉這樣的亂敲亂打，究竟算什麼回事？我每次看見，總覺得奇怪；後來向福州的朋友一打聽，才知道這就是製肉燕的原料了。所謂肉燕者，就是將豬肉打得粉爛，和入麵粉，然後再製成皮子，如包餛飩的外皮一樣，用以來包製菜蔬的東西。聽說這物事在福建，也只是福州獨有的特產。

福州食品的味道，大抵重糖；有幾家真正福州館子裏燒出來的雞鴨四件，簡直是同蜜餞的罐頭一樣，不雜入一粒鹽花。因此福州人的牙齒，十人九壞。有一次去看三賽樂的閩劇，看見台上演戲的人，個個都是滿口金黃；回頭更向左右的觀眾一看，婦女子的嘴裏也大半鑲着全副的金色牙齒。於是天黃黃，地黃黃，弄得我這一向就痛恨金牙齒的偏執狂者，幾乎想放聲大哭，以為福州人故意在和我搗亂。

將這些脫嫌糖重的食味除起，若論到酒，則福州的那一種土黃酒，也還勉強可以喝得。周亮工所記的玉帶春、梨花白、藍家酒、碧霞酒、蓮須白、河清、雙夾、西施紅、狀元紅等，我都不曾喝

過,所以不敢品評。只有會城各處在賣的雞老(酪)酒,顏色卻和紹酒一樣地紅似琥珀,味道略苦,喝多了覺得頭痛。聽說這是以一生雞,懸之酒中,等雞肉雞骨都化了後,然後開壇飲用的酒,自然也是愈陳愈好。福州酒店外面,都寫酒庫兩字,發賣叫發扛,也是新奇得很的名稱。以紅糟釀的甜酒,味道有點像上海的甜白酒,不過顏色桃紅,當是西施紅等名目出處的由來。莆田的荔枝酒,顏色深紅帶黑,味甘甜如西班牙的寶德紅葡萄,雖則名貴,但我卻終不喜歡。福州一般宴客,喝的總還是紹興花雕,價錢極貴,斤量又不足,而酒味也淡似滬杭各地,我覺得建莊終究不及京莊。

福州的水果花木,終年不斷;橙柑、福橘、佛手、荔枝、龍眼、甘蔗、香蕉,以及茉莉、蘭花、橄欖等等,都是全國聞名的品物;好事者且各有譜諜之著,我在這裏,自然可以不說。

閩茶半出武夷,就是不是武夷之產,也往往借這名山為號召。鐵羅漢,鐵觀音的兩種,為茶中柳下惠,非紅非綠,略帶赭色;酒醉之後,喝它三杯兩盞,頭腦倒真能清醒一下。其他若龍團玉乳,大約名目總也不少,我不戀茶嬌,終是俗客,深恐品評失當,貽笑大方,在這裏只好輕輕放過。

從《閩小紀》中的記載看來,番薯似乎還是福建人開始從南洋運來的代食品;其後因種植的便利,食味的甘美,就流傳到內地去了;這植物傳播到中國來的時代,只在三百年前,是明末清初的時候,因亮工所記如此,不曉得究竟是否確實。不過福建的米麥,向來就說不足,現在也須仰給予外省或台灣,但田稻倒又可以一年兩植。而福州正式的酒席,大抵總不吃飯散場,因為菜太豐盛了,吃到後來,總已個個飽滿,用不着再以飯顆來充腹之故。

飲食處的有名處所，城內為樹春園、南軒、河上酒家、可然亭等。味和小吃，亦佳且廉；倉前的鴨面，南門兜的素菜與牛肉館，鼓樓西的水餃子舖，都是各有長處的小吃處；久吃了自然不對，偶爾去一試，倒也別有風味。城外在南台的西菜館，有嘉賓、西宴台、法大、西來，以及前臨閩江，內設戲台的廣聚樓等。洪山橋畔的義心樓，以吃形同比目魚的貼沙魚著名；崙前山的快樂林，以吃小盤西洋菜見稱，這些當然又是菜館中的別調。至如我所寄寓的青年會食堂，地方精潔寬廣，中西菜也可以吃吃，只是不同耶穌的饗宴十二門徒一樣，不許顧客醉飲葡萄酒漿，所以正式請客，大感不便。

　　此外則福建特有的溫泉浴場，如湯門外的百合、福龍泉，飛機場的樂天泉等，也備有飲饌供客；浴客往往在這些浴場裏可以鬼混一天，不必出外去買酒買食，卻也便利。從前聽說更可以在個人池內男女同浴，則飲食男女，就不必分求，一舉竟可以兩得了。

　　要說福州的女子，先得說一說福建的人種。大約福建土著的最初老百姓，為南洋近邊的海島人種；所以面貌習俗，與日本的九州一帶，有點相像。其後漢族南下，與這些土人雜婚，就成了無諸種族，係在春秋戰國，吳越爭霸之後。到得唐朝，大兵入境；相傳當時曾殺盡了福建的男子，只留下女人，以配光身的兵士；故而直至現在，福州人還呼丈夫為「唐晡人」，晡者係日暮襲來的意思，同時女人的「諸娘仔」之名，也出來了。還有現在東門外北門外的許多工女農婦，頭上仍帶着三把銀刀似的簪為髮飾，俗稱他們作三把刀，據說猶是當時的遺制。因為她們的父親丈夫兒子，都被外來的征服者殺了；她們誓死不肯從敵，故而時時帶着三把刀在身邊，預備復仇。只今台灣的福建籍妓女，聽說也是一樣；亡國到了現

在，也已經有好多年了，而她們卻仍不肯與日本的嫖客同宿。若有人破此舊習，而與日本嫖客同宿一宵者，同人中就視作禽獸，恥不與伍，這又是多麼悲壯的一幕慘劇！誰說猶唱後庭花處，商女都不知家國的興亡哩！試看漢奸到處賣國，而妓女乃不肯辱身，其間相去，又豈只涇渭的不同？這一種古代的人種，與唐人雜婚之後，一部分不完全唐化，仍保留着他們固有的生活習慣，宗教儀式的，就是現在仍舊退居在北門外萬山深處的畬民。此外的一族，以水上為家，明清以後，一向被視為賤民，不時受漢人的踩躪的，相傳其祖先係蒙古人，自元亡後，遂貶為蛋戶，俗呼科蹄。科蹄實為曲蹄之別音，因他們常常曲膝盤坐在船艙之內，兩腳彎曲，故有此稱。串通倭寇，騷擾沿海一帶的居民，古時在泉州叫作泉郎的，就是這一種人種的旁支。

因為福州人種的血統，有這種種的沿革，所以福建人的面貌，和一般中原的漢族，有點兩樣。大致廣額深眼，鼻子與顴骨高突，兩頰深陷成窩，下額部也稍稍尖凸向前。這一種面相，生在男人的身上，倒也並不覺得特別；但一生在女人的身上，高突部為嫩白的皮肉所調和，看起來卻個個都是線條刻劃分明，像是希臘古代的雕塑人形了。福州女子的另一特點，是在她們的皮色的細白。生長在深閨中的宦家小姐，不見天日，白膩原也應該；最奇怪的，卻是那些住在城外的工農傭婦，也一例地有着那種嫩白微紅，像剛施過脂粉似的皮膚。大約日夕灌溉的溫泉浴是一種關係，吃的閩江江水，總也是一種關係。

我們從前沒有居住過福建，心目中總只以為福建人種，是一種蠻族。後來到了那裏，和他們的文化一接觸，才曉得他們雖則開化得較遲，但進步得卻很快；又因為東南是海港的關係，中西文化的

交流，也比中原僻地為頻繁，所以閩南的有些都市，簡直繁華摩登得可以同上海來爭甲乙。及至觀察稍深，一移目到了福州的女性，更覺得她們的美的水準，比蘇杭的女子要高好幾倍；而裝飾的入時，身體的康健，比到蘇州的小型女子，又得高強數倍都不止。

「天生麗質難自棄」，表露慾，裝飾慾，原是女性的特嗜；而福州女子所有的這一種顯示本能，似乎比什麼地方的人還要強一點。因而天晴氣爽，或歲時伏臘，有迎神賽會的關頭，南大街，倉前山一帶，完全是美婦人披露的畫廊。眼睛個個是靈敏深黑的，鼻樑個個是細長高突的，皮膚個個是柔嫩雪白的；此外還要加上以最摩登的衣飾，與來自巴黎紐約的化妝品的香霧與紅霞，你說這幅福州晴天午後的全景，美麗不美麗？迷人不迷人？

亦唯因此之故，所以也影響到了社會，影響到了風俗。國民經濟破產，是全國到處都一樣的事實；而這些婦女子們，又大半是不生產的中流以下的階級。衣食不足，禮義廉恥之凋傷，原是自然的結果，故而在福州住不上幾月，就時時有暗娼流行的風說，傳到耳邊上來。都市集中人口以後，這實在也是一種不可避免而急待解決的社會大問題。

說及了娼妓，自然不得不說一說福州的官娼。從前邵武詩人張亨甫，曾著過一部《南浦秋波錄》，是專記南台一帶的煙花韻事的；現在世業凋零，景氣全落，這些樂戶人家，完全沒有舊日的豪奢影子了。福州最上流的官娼，叫作白面處，是同上海的長三一樣的款式。聽幾位久住福州的朋友說，白面處近來門可羅雀，早已掉在沒落的深淵裏了；其次還勉強在維持市面的，是以賣嘴不賣身為標榜的清唱堂，無論何人，只須化三元法幣，就能進去聽三齣戲。就是

這一時號稱極盛的清唱堂，現在也一家一家的廢了業，只剩了田墩的三五家人家。自此以下，則完全是慘無人道的下等娼妓，與野雞款式的無名密販了，數目之多，求售之切，到了駭人聽聞的地步。至於城內的暗娼，包月婦，零售處之類，只聽見公安維持者等談起過幾次，報紙上見到過許多回，內容雖則無從調查，但演繹起來，旁證以社會的蕭條，產業的不振，國步的艱難，與夫人口的過剩，總也不難舉一反三，曉得她們的大概。

總之，福州的飲食男女，雖比別處稍覺得奢侈，而福州的社會狀態，比別處也並不見得十分的墮落。說到兩性的縱弛，人慾的橫流，則與風土氣候有關，次熱帶的境內，自然要比溫帶寒帶為劇烈。而食品的豐富，女子一般姣美與健康，卻是我們不曾到過福建的人所意想不到的發見。

一九三六年六月二日

（選自《逸經》第 9 期，1936 年 7 月 5 日）

花城

秦牧

　　一年一度的廣州年宵花市，素來膾炙人口。這些年常常有人從北方不遠千里而來，瞧一瞧南國花市的盛況。還常常可以見到好些國際友人，也陶醉在這東方的節日情調中，和中國朋友一起選購着鮮花。往年的花市已經夠盛大了，今年這個花海又湧起了一個新的高潮。因為農村人民公社化以後，花木的生產增加了，今年春節又是城市人民公社化之後的第一個春節，廣州去年有累萬的家庭婦女和街坊居民投入了生產和其他的勞動隊伍。加上今年黨和政府進一步安排群眾的節日生活，花木供應空前多了，買花的人也空前多了，除原來的幾個年宵花市之外，又開闢了新的花市。如果把幾個花市的長度累加起來，「十里花街」，恐怕是名不虛傳了。在花市開始以前，站在珠江岸上眺望那條浩浩蕩蕩、作為全省三十六條內河航道樞紐的珠江，但見在各式各樣的樓船汽輪當中，還錯雜着一艘艘載滿鮮花盆栽的木船，它們來自順德、高要、清遠、四會等縣，載來了南國初春的氣息和農民群眾的心意。「多好多美的花！」「今年花的品種可多啦！」江岸上的人們不禁嘖嘖稱賞。廣州有個文化公園，園裏今年也佈置了一個大規模的「迎春花會」，花匠們用鮮豔的盆花堆砌出「江山如此多嬌」的大花字，除了各種色彩繽紛的名花瓜果外，還陳列着一株花朵灼灼、樹冠直徑達一丈許的大桃樹。這一切，都顯示出今年廣州的花市是不平常的。

人們常常有這麼一種體驗：碰到熱鬧和奇特的場面，心裏面就像被一根鵝羽撩撥着似的，有一種癢癢麻麻的感覺。總想把自己所看到和感受的一切形容出來。對於廣州的年宵花市，我就常常有這樣的衝動。雖然過去我已經描述過它們了，但是今年，倘徉在這個特別巨大的花海中，我又湧起這樣的慾望了。

農曆過年的各種風習，是我們民族在幾千年的歷史中形成的。我們現在有些過年風俗，一直可以追溯到一兩千年前的史跡中去。這一切，是和許多的歷史故事、民間傳說、巧匠絕技和群眾的美學觀念密切聯繫起來的。在中國的年節中，有的是要踏青的，有的是要划船的，有的是要賞月的……這和外國的什麼點燈節、潑水節一樣，都各各有它們的生活意義和詩情畫意。過年的時候，一向我們各地的花樣可多啦：貼春聯、掛年畫、耍獅子、玩龍燈、跑旱船、放花炮……人人穿上整潔衣服，頭面一新，男人都理了髮，婦女都修整了辮髻，大姑娘還紮上了花飾。那「糖瓜祭灶，新年來到，姑娘要花，小子要炮，老頭兒要一頂新氈帽」的北方俗諺，多少描述了這種氣氛。這難道只是歡樂歡樂，玩兒玩兒而已麼？難道我們從這隆重的節日情調中不還可以領略到我們民族文化的源遠流長，和千百年來人們熱烈嚮往美好未來的心境麼？在舊時代苦難的日子裏，自然勞動人民不是都能歡樂地過年，但是貧苦的農戶，也要設法購張年畫，貼對門聯；年輕的閨女也總是要在辮梢紮朵絨花，在窗櫺上貼張大紅剪紙，這就更足以想見無論在怎樣困苦中，人們對於幸福生活的強烈的憧憬。在新的時代，農曆過年中那種深刻體現舊社會烙印的習俗被革除了，賭博、酗酒，向舞龍燈的人投擲燃燒的爆竹，千奇百怪的禁忌，這一類的事情沒有了，那些耍猴子的鳳陽人、跑江湖紮紙花的天門人，那些搖着串上銅線的冬青樹枝的乞

丏，以及號稱從五台山峨眉山下來化緣的行腳僧人不見了。而一些美好的習俗被發揚光大起來，一些古老的風習被賦予了嶄新的內容。現在我們也燃放爆竹，但是誰想到那和「驅儺」之類的迷信有什麼牽聯呢！現在我們也貼春聯，但是有誰想到「歲月逢春花遍地；人民有黨勁沖天」，「躍馬橫刀，萬眾一心驅窮白；飛花點翠，六億雙手繡山河」之類的春聯，和古代的用桃木符辟邪有什麼可以相提並論之處呢！古老的節日在新時代裏是充滿青春的光輝了。

這正是我們熱愛那些古老而又新鮮的年節風習的原因。「風生白下千林暗，霧塞蒼天百卉殫」的日子過去了，大地的花卉愈種愈美，人們怎能不熱愛這個風光旖旎的南國花市，怎能不從這個盛大的花市享受着生活的溫馨呢！

而南方的人們也真會安排，他們選擇年宵逛花市這個節目作為過年生活裏的一個高潮。太陽的熱力是厲害的，在南方最熱的海南島上，有一些像菠蘿蜜之類的果樹，根部也可以伸出地面結出果子來；有一些樹木，鋸斷了用來做木椿，插在地裏卻又能長出嫩芽。在這樣的地帶，就正像昔人詠月季花的詩所說的：「花謝花開無日了，春來春去不相關。」早在春節到來之前一個月，你在郊外已經可以到處見到樹上掛着一串串鮮豔的花朵了。而在年宵花市中，經過花農和園藝師們的努力，更是人工奪了天工，四時的花卉，除了夏天的荷花石榴等不能見到外，其他各種各樣的花幾乎都出現了。牡丹、吊鐘、水仙、大麗、梅花、菊花、山茶、墨蘭……春秋冬三季的鮮花都擠在一起啦！

廣州今年最大的花市設在太平路，就是歷史上著名的「十三行」一帶，花棚有點像馬戲的看棚，一層一層銜接而上。那裏各個

公社、園藝場、植物園的旗幟飄揚，賣花的漢子們笑着高聲報價。燈色花光，一片錦繡。我約略計算了一下花的種類，今年總在一百種上下。望着那一片花海，端詳着那發着香氣、輕輕顫動和舒展着葉芽和花瓣的植物中的珍品，你會禁不住讚歎，人們選擇和佈置這麼一個場面來作為迎春的高潮，真是匠心獨運！那千千萬萬朵笑臉迎人的鮮花，彷彿正在用清脆細碎的聲音在淺笑低語：「春來了！春來了！」買了花的人把花樹舉在頭上，把盆花托在肩上，那人流彷彿又變成了一道奇特的花流。南國的人們也真懂得欣賞這些春天的使者。大夥不但欣賞花朵，還欣賞綠葉和鮮果。那像繁星似的金桔、四季桔、吉慶果之類的盆果，更是人們所歡迎的。但在這個特殊的、春節黎明即散的市集中，又彷彿一切事物都和花發生了聯繫。魚攤上的金魚，使人想起了水中的鮮花；海產攤上的貝殼和珊瑚，使人想起了海中的鮮花；至於古玩架上那些寶藍、均紅、天青、粉彩之類的瓷器和歷代書畫，又使人想起古代人們的巧手塑造出來的另一種永不凋謝的花朵了。

廣州的花市上，吊鐘、桃花、牡丹、水仙等是特別吸引人的花卉。尤其是這南方特有的吊鐘，我覺得應該着重地提它一筆。這是一種先開花後發葉的多年生灌木。花蕾未開時被鱗狀的厚殼包裹着，開花時鱗苞裏就吊下了一個個粉紅色的小鐘狀的花朵。通常一個鱗苞裏有七八朵，也有個別多到十多朵的。聽朝鮮的貴賓說，這種花在朝鮮也被認為珍品。牡丹被人譽為花王，但南國花市上的牡丹大抵光禿禿不見葉子，真是「卧叢無力含醉妝」。唯獨這吊鐘顯示着異常旺盛的生命力，插在花瓶裏不僅能夠開花，還能夠發葉。這些小鐘兒狀的花朵，一簇簇迎風搖曳，使人就像聽到了大地回春的鈴鈴鈴的鐘聲。

花市盤桓，令人撩起一種對自己民族生活的深厚情感。我們和這一切古老而又青春的東西異常水乳交融。就正像北京人逛廠甸、上海人逛城隍廟、蘇州人逛玄妙觀所獲得的那種特別親切的感受一樣。看着繁花錦繡，賞着姹紫嫣紅，想起這種一日之間廣州忽然變成了一座「花城」，幾乎全城的人都出來深夜賞花的情景，真是感到美妙。

　　在舊時代綿長的歷史中，能夠買花的只是少數的人，現在一個紡織女工從花市舉一株桃花回家，一個鋼鐵工人買一盆金桔托在頭上，已經是很平常的事情了。聽着賣花和買花的勞動者互相探詢春訊，笑語聲喧，令人深深體味到，億萬人的歡樂才是大地上真正的歡樂。

　　在這個花市裏，也使人想到人類改造自然威力的巨大，牡丹本來是太行山的一種荒山小樹，水仙本來是我國東南沼澤地帶的一種野生植物，經過千百代人們的加工培養，竟使得它們變成了「國色天香」和「凌波仙子」！在野生狀態時，菊花只能開着銅錢似的小花，雞冠花更像是狗尾草似的，但是經過花農的悉心培養，人工的世代選擇，它們竟變成這樣豐腴艷麗了。「天工人可代，人工天不如。」生活的真理不正是這樣麼！

　　在這個花市裏，你也不禁會想到各地的勞動人民共同創造歷史文明的豐功偉績。這裏有來自福建的水仙，來自山東的牡丹，來自全國各省各地的名花異卉，還有本源出自印度的大麗，出自法國的猩紅玫瑰，出自馬來亞的含笑，出自撒哈拉沙漠地區的許多仙人掌科植物。各方的溪澗匯成了河流，各地勞動人民的創造匯成了燦爛的文明，在這個熙熙攘攘的市集中不也讓人充分感受到這一點麼！

你在這裏也不能不驚歎群眾審美的眼力。一盆花果，群眾大抵能夠一致指出它們的優點和缺點。在這種品評中，我們不也可以領略到好些美學的道理麼！

總之，徜徉在這個花海中，常常使你思索起來，感受到許多尋常的道理中新鮮的涵義。十一年來我養成了一個癖好，年年都要到花市去擠一擠，這正是其中的一個理由了。

我們讚美英勇的鬥爭和艱苦的勞動，也讚美由此而獲得的幸福生活。因此，花市歸來，像喝酒微醉似的，我拉拉扯扯寫下這麼一些話。讓遠地的人們也來分享我們的歡樂。

一九六一年

（選自《秦牧自選集》，廣州：花城出版社，1984 年）

謝謝重慶

豐子愷

　　勝利前一年，民國三十三年的中秋，我住在重慶沙坪壩的「抗建式」小屋內。當夜月明如畫，我家十人團聚。我慶喜之餘，飲酒大醉，沒有賞月就酣睡了。次晨醒來，在枕上填一曲打油詞。其詞曰：

> 　　七載飄零久。喜中秋巴山客裏，全家聚首。去日孩童皆長大，添得嬌兒一口。都會得奉觴進酒。今夜月明人盡望，但團圞骨肉幾家有？天於我，相當厚。故園焦土蹂躪後。幸聯軍痛飲黃龍，快到時候。來日盟機千萬架，掃蕩中原暴寇。便還我河山依舊。漫卷詩書歸去也，問群兒戀此山城否？言未畢，齊搖手。（賀新涼）

　　我向不填詞，這首打油詞，全是偶然遊戲；況且後半誇口狂言，火氣十足，也不過是「抗戰八股」之一種而已，本來不值得提及。豈知第二年的中秋，我國果然勝利。我這誇口狂言竟成了預言。我高興得很，三十四年八月十日後數天內，用宣紙寫這首詞，寫了不少張，分送親友，為勝利助喜。自己留下一張，貼在室內壁上，天天觀賞。

　　起初看看壁上的詞，讀讀後面一段，覺得心情痛快。後來愈讀愈不快了。過了幾個月，我把這張字條撕去，不要再看了！為什麼

原故呢？因為最後幾句，與事實漸漸發生衝突，使我讀了覺得難以為情。

最後幾句是「漫卷詩書歸去也，問群兒戀此山城否？言未畢，齊搖手。」豈知勝利後數月內，那些「劫收」的醜惡，物價的飛漲，交通的困難，以及內戰的消息，把勝利的歡喜消除殆盡。我不卷詩書，無法歸去；而群兒都說：「還是重慶好。」在這情況之下，我重讀那幾句詞句，覺得無以為顏。我只得苦笑着說，我填錯了詞，應該說：「言未畢，齊點首。」

做人倘全為實利打算，我是最應該不復員而長作重慶人的。因為一者，我的故鄉石門灣，二十六年冬天就被敵人的炮火改成一片焦土。我的緣緣堂以及其他幾間老屋和市房，全部不存，我已無家可歸。而在重慶的沙坪壩，倒有自建的幾間「抗建式」小屋，可蔽風雨。二者，我因為身體不好，沒有擔任公教職員，多年來閒居在重慶沙坪壩的小屋裏賣畫為生，沒有職業的牽累，全無急急復員的必要。我在重慶，在上海，一樣地是一個閒人。何必鑽進忙人裏去趕熱鬧呢？三者，我的子女當時已有三個人成長，都在重慶當公教人員。他們沒有家室，又不要擔負父母的生活，所得報酬，盡可買書買物，從容自給。況且四川當局曾有佈告，歡迎下江教師留渝，報酬特別優厚。為他們計，也何必辛苦地回到「人浮於事」的下江去另找飯碗呢？　——從上述這三點打算，我家是最不應該復員而最應該長作重慶人的。

不知道一種什麼力，終於使我厭棄重慶，而心向杭州。不知道一種什麼心理，使我決然地捨棄了沙坪壩的衽席之安，而走上東歸的崎嶇之路。明知道今後衣食住行，要受一切的困苦；明知道此次

復員，等於再逃一次難；然而大家情願受苦，情願逃難，拼命要回杭州。這是什麼原故？自己也不知道。想來想去，大約是「做人不能全為實利打算」的原故罷。全為實利打算，換言之，就是只要便宜。充其極端，做人全無感情，全無意氣，全無趣味，而人就變成枯燥，死板，冷酷，無情的一種動物。這就不是「生活」，而僅是一種「生存」了。古人有警句云：「不為無益之事，何以遣有涯之生？」（清項憶雲語）這句話看似翻案好奇，卻含有人生的至理。無益之事，就是不為利害打算的事，就是由感情，意氣，趣味的要求而做的事。我的去重慶而返杭州，正是感情，意氣，趣味的要求，正是所謂「無益之事」。我幸有這一類的事，才能排遣我這「有涯之生」。

「漫卷詩書歸去也，問群兒戀此山城否？言未畢，齊搖手。」其實並非厭惡這山城，只是感情，意氣，趣味所發生的豪語而已。凡人都愛故鄉。外國語有 nostalgia 一語，譯曰「懷鄉病」。中國古代詩文中，此病尤為流行。「去國懷鄉」，自古嘆為不幸。今後世界交通便捷，人的生活流動，「鄉」的一個觀念勢必逐漸淡薄，而終至於消滅；到處為家，根本無所謂「故鄉」。然而我們的血管裏，還保留着不少「懷鄉病」的細菌。故客居他鄉，往往要發牢騷，無病呻吟。尤其是像我這樣，被敵人的炮火所逼，放逐到重慶來的人，發點牢騷，正是有病呻吟。豈料呻吟之後，病居然好了，十年不得歸去的故鄉，居然有一天可以讓我歸去了！因此上，不管故園已成焦土，不管交通如何困難，不管下江生活如何昂貴，我一定要辭別重慶，遄返江南。

重慶的臨去秋波，非常可愛！那正是清和的四月，我賣脫了沙坪壩的小屋，遷居到城裏凱旋路來等候歸舟。凱旋路這名詞已夠好了，何況這房子站在山坡上，開窗俯瞰嘉陵江，對岸遙望海棠溪。水光山色，悅目賞心。晴朗的重慶，不復有警報的哭聲，但聞「炒米糖開水」、「鹽茶雞蛋」的節奏的叫唱。這真是一個可留戀的地方。可惜如馬一浮先生贈詩所說：「清和四月巴山路，定有行人憶六橋。」我苦憶六橋，不得不離開這清和四月的巴山而回到杭州去。臨別滿懷感謝之情！數年來全靠這山城的庇護，使我免於披髮左衽。謝謝重慶！

一九四七年元旦脫稿

（選自《豐子愷散文選集》，上海：上海文藝出版社，1981年）

成都
「民族形式」的大都會

茅盾

　　未到成都以前，就有人對我說：如果重慶可以比擬從前的上海，成都倒可以比擬北平。比如：成都人家大都有一個院子，院子裏大都有這麼一兩株樹；成都生活便宜，小吃館子尤其價廉物美；乃至成都小販叫賣的調門也是那麼抑揚頓挫，頗有點「北平味」。結論是住家以成都為合宜。

　　另一位朋友，同意於這樣的「觀察」，但對於那結論，不同意。他說：和平時期，成都住家確是又舒服又便宜，但現在則不然，因為現在是「非常時期」。從去年二三月起，物價已在步步高升（當然這不是説，以前就不升），生活已不便宜，不過，吃的方面，還有幾種土貨，和重慶比，仍然低廉些；可是最叫人頭痛的，是「逃警報」。從十一月到四月，重慶是霧季，但重慶雖沒有警報，成都卻不一定沒有；反之，四月以後，霧季過完，重慶一有警報，成都也一定有，重慶人逃警報，成都人得奉陪。成都城內沒有什麼防空洞，因為一則是平地，像西安那種馬路旁的地下室，證明還不是百分之百安全的；二則成都平地掘下二三尺就有水，要築地下室，很成問題；三則成都人口又是那麼密，哪有許多錢來建造夠用的防空洞呢？這幾項理由，當然是無可爭辯的，於是公共防空洞之類，城裏就索性沒有。警報一拉，成都人倉皇鎖了大門，蜂擁出

城而去。成都並不小，為了保證市民們有充分的出城時間，第一次拉警報表示敵機已經入川，市民們得趕快收拾細軟準備走；判明了敵機是向重慶進襲時，成都就拉第二次警報了，市民們就扶老攜幼，逃出城去。如果敵機在重慶轟炸了，那在成都就拉緊急警報，不到重慶解除警報，成都是不會先解除的。故曰：每逢重慶人逃警報，遠在六百多里外的成都人就得奉陪。

成都市民逃警報時作風是如此：第一次警報拉過後，就帶着包裹箱籠往城外去，經驗告訴他們，既有第一次警報，必有第二次，晚去不如早走，而且離城十里外方為安全，這又怎能不早走呢？以後的事，你可以用算術來推知；出城時間一小時，警報時間三至四小時，回城時間又是一小時。共計：五小時至八小時。這還是最低的估計。

但除了逃警報這一點，在成都住家，大概是好的。一九三八年上季的長沙，曾有過這樣的現象，長沙人往鄉下搬，下江人則往長沙逃，租住了長沙人遺下來的空屋，——這被幽默的長沙人稱之為「換防」。相同的現象，似乎在成都也有。一些閥閱世家的高門大戶內，往往租住了下江來的豪客。

成都洋房不多，除了那條春熙路，大部分的街道還保存了舊中國都市的風度，同類的商店聚在一條街上，這在成都是一個顯著的現象。鞋帽舖和銅錫器舖的街道，都相當長；這些商舖，同時也是作場，銅錫製的用具，如茶壺、臉盆、燈枱，都頗玲瓏精緻。還有仿造的洋式剪刀，也還不差。至於細木工，則雕鏤的小擺設，很有些精雅的。在今天大後方的許多省會中，成都確有其特長，無論以市街的喧鬧，土產的繁庶，手工藝之進步，各方面看來，成都是更

其「中國的」，所謂五千年文物之精美，這裏多少還具體而微保存着一些。

　　捲煙（即土製雪茄）大概是抗戰後新興的手工業，在成都異常活躍。現在西北的西安，西南的柳州，都有中國的雪茄工廠。這都是模仿洋式的，無論從形式，從香味而言，我不能說它們比四川的差。但是稱為「捲煙」的四川土製品，例如中江的出產，卻確是中國的「捲煙」，而不是仿造的「雪茄」。成都的，尤其如此。我曾經在蘭州，乃至在新疆的哈密和迪化，見過四川中江的「捲煙」，如良心牌，日月牌（奇怪的是，西安與蘭州交通甚便，卻未見西安出的雪茄）。可是成都少見中江的貨。成都捲煙品類之多，不勝指數，大概是每一煙店，同時便是作場。買了煙葉來自己捲製，已是一種風尚。所以成都的捲煙店一定掛着擺着大批的煙葉，包紮成棒槌狀。而出售的製成品，單以外形而論，也就不少；圓形或方形而外，又有方形而四邊起了棱線的一種，更有圓形而全身加以勻稱之棱線者。尤其特別的，是在口銜的一端，附加了短短的鵝毛管或紅色金色硬紙捲成的小管，作為捲煙的「咬嘴」。裝在煙斗裏吸的「雜拌」的紙盒上，卻只有牌子的名兒（例如鼎鼎大名的華福臨），並無煙名。

　　大小菜館和點心店之多，而且幾乎沒有「外江菜」立足之餘地，也是成都一個特色。燻兔子，棒棒兒雞，幾乎到處可遇。所謂燻兔，實在已非全兔，而只是兩條後腿，初看見時你不會想到這是兔子。點心方面有一家賣湯圓的，出名是「少奶奶湯圓」，據說不知有此者就不算是地道的成都人。

城外路燈較少，入晚常見行人手持火把，一路撲打，使其光亮。這又使我想起了蘭州人的火把。蘭州的火把是薄薄的木片，闊約二寸，長約尺許，一束一束出售。蘭州有一句話：「火把像朝笏」。

（選自《茅盾散文速寫集》，北京：人民文學出版社，1980 年）

「戰時景氣」的寵兒
寶雞

茅盾

　　寶雞，陝西省的一個不甚重要的小縣，戰爭使它嶄露頭角。人們稱之為「戰時景氣」的寵兒。

　　隴海鐵路、川陝大道，寶雞的地位是樞紐。寶雞的田野上，聳立了新式工廠的煙囱；寶雞城外，新的市區迅速地發展，追求利潤的商人、投機家，充滿在這新市區的旅館和酒樓；銀行，倉庫，水一樣流轉的通貨，山一樣堆積的商品和原料。這一切，便是今天寶雞的「繁榮」的指標。人們說：「寶雞有前途！」

　　西京招待所的一個頭等房間，彈簧雙人牀，沙發，衣櫥，五斗櫥，寫字桌，浴間，抽水馬桶，電鈴，——可稱色色齊全了，房金呢，也不過十二元五角。寶雞新市區的旅館，一間雙人房的房金也要這麼多，然而它有什麼？糊紙的矮窗，房裏老是黃昏，按上手去就會吱吱叫的長方板桌，破缺的木椅，高腳木凳，一對條凳兩副板的眠牀，不平的樓板老叫你絆腳，——這就是全部，再沒有了。但是天天客滿，有時你找不到半榻之地，着急得要哭。你看見旅館的數目可真也不少，里把長的一條街上招牌相望，你一家一家進去看旅客牌，才知道長包的房間佔了多數。為什麼人們肯花這麼多的冤枉錢？沒有什麼稀奇。人們在這裏有生意，人們在這裏掙錢也來得痛快，房金貴，不舒服，算得什麼！

而且未必完全不舒服。土炕雖硬，光線雖暗，鋪上幾層氈，開一盞煙燈，叫這麼三兩個姑娘，京調、秦腔、大鼓，還不是照樣樂！而且也還有好館子，隴海路運來了海味、魚翅、海參，要什麼，有什麼。華燈初上，在卡車的長陣構成的甬道中踟躇，高跟鞋卷髮長旗袍的豔影，不斷的在前後左右晃；三言兩語就混熟了，「上館子小吃罷？」報你嫣然一笑。酒酣耳熱的時候，你儘管放浪形骸，貼上你的發熱的臉，會低聲說：「還不是好人家的小姐麼，碰到這年頭，咳，沒什麼好說啦！家在哪裏麼，爹做什麼？不用說了，說起來太丟人呵！」於是土包子的暴發戶嘻開嘴笑了，心頭麻辣辣的別有一種神秘溫馨的感覺。呵，寶雞，這是一個不可思議的地方！

X旅館的一位長客，別瞧他貌不驚人，手面可真不小。短短的牛皮大衣，青呢馬褲，獺皮帽，老拿着一根又粗又短的手杖，臉上肉彩很厚，圓眼睛，濃眉毛。他的朋友什麼都有：軍，政，商，以至不軍不政不商的弄不明白的腳色。說他手上有三萬擔棉花，現在棉花漲到三塊多錢一斤了，可是他都不肯放。但這也許是「神話」罷，你算算，三塊多一斤，三萬擔，該是多少？然而確是一個不可思議的人物。有一部商車的鋼板斷了，輪胎也壞了，找他罷，他會給你弄到；另一部商車已經裝好了貨，單缺汽油，「液體燃料管理委員會」統制汽油多麼嚴格，希望很少。找他罷。「要多少？」三百加侖！「開支票來，七十塊錢一加侖，明天就有了！」他什麼都有辦法。寶雞這地方就有這樣不可思議的「魔術家」！

但是這天天在膨脹的新市區還不能代表寶雞的全貌。你試登高一看，呵，群山環抱，而山坳裏還有些點點的村落。棉花已經收

穫，現在土地是暫時閒着；也有幾片青綠色，那是菜，但還有這樣充裕的「勞動力」的人家已經不多了，並且，一個「勞動力」從保長勒索的冊子裏解放出來，該付多少代價，恐怕你也無從想像。

離公路不過里把路，就有一個小小村莊，周圍一二十家，房屋相當整齊，大都是自己有點土地的，從前當然是小康之家。單講其中一家，一個院子，四間房，只夫妻兩口帶一個吃奶的嬰孩，門窗都很好，住人的那房裏還有一口紅漆衣櫥，屋簷下和不住人的房裏都掛滿了長串的包穀，麻布大袋裏裝着棉籽。院子裏靠土牆立着幾十把稻草，也有些還帶着花的棉梗擱在那裏曬。有一隻四個月大的豬。看這景象，就知道這份人家以前很可以過得去。現在呢，自然也還「比下有餘」。比方說，六個月前，保長要「抽」那丈夫的時候（他們不懂得什麼兵役法，保長嘴裏說的，就是王法），他們還能籌措四百多塊錢交給保長，請他代找一個替身。雖然負了債，還不至於賣絕那僅存的五六畝地。然而，天氣冷了，他們的嬰孩沒有棉衣，只好成天躺在土炕上那一堆破絮裏，夫婦倆每天的食糧是包穀和鹹菜辣椒末，油麼，那是不敢想望的奢侈品。不錯，他們還養得有一口豬，但這口豬身上就負擔着丈夫的「免役費」的半數，而且他們又不得不從自己嘴裏省下包穀來養豬。明年有沒有力量再養一口，很成問題。人的臉色都像害了幾年黃疸病似的，工作時候使不出勁。他們已經成為「人渣」，但他們卻成就了新市區的豪華奢侈，他們給寶雞贏得了「繁榮」！

（選自《茅盾散文速寫集》，北京：人民文學出版社，1980）

青紗帳

王統照

　　稍稍熟悉北方情形的人，當然知道這三個字——青紗帳，帳子上加青紗二字，很容易令人想到那幽幽地，沉沉地，如煙如霧的趣味。其中大約是小簟輕衾吧？有個詩人在帳中低吟着「手倦拋書午夢涼」的句子；或者更宜於有個雪膚花貌的「玉人」，從淡淡的燈光下透露出橫陳的豐腴的肉體美來。可是煞風景得很！現在在北方一提起青紗帳這個暗喻格的字眼，汗喘氣力，光着身子的農夫，橫飛的子彈，鎗，殺，劫擄，火光，這一大串的人物與光景，便即刻聯想得出來。

　　北方有的是遍野的高粱，亦即所謂秫秫，每到夏季，正是它們茂生的時季。身個兒高，葉子長大，不到曬米的日子，早已在其中可以藏住人，不比麥子豆類隱蔽不住東西。這些年來北方，凡是有鄉村的地方，這個嚴重的青紗帳季，便是一年中頂難過而要戒嚴的時候。

　　當初給遍野的高粱贈予這個美妙的別號的，夠得上是位「幽雅」的詩人吧？本來如刀的長葉，連接起來恰像一個大的帳幔，微風過處，幹、葉搖拂，用青紗的色彩作比，誰能說是不對？然而高粱在北方的農產植物中是具有雄偉壯麗的姿態的。它不像黃雲般的麥穗那麼輕裊，也不是穀子穗垂頭委瑣的神氣，高高獨立，昂首在毒日的灼熱之下，周身碧綠，滿佈着新鮮的生機。高粱米在東北幾

省中是一般家庭的普通食物，東北人在別的地方住久了，仍然還很歡喜吃高粱米煮飯。除那幾省之外，在北方也是農民的主要食物，可以糊成餅子，攤作尖餅，而最大的用處是製造白乾酒的原料，所以白乾酒也叫做高粱酒。中國的酒類性烈易醉的莫過於高粱酒。可見這類農產物中所含精液之純，與北方的土壤氣候都有關係。但高粱的特性也由此可以看出。

為什麼北方農家有地不全種能產小米的穀類，非種高粱不可？據農人講起來自有他們的理由。不錯，高粱的價值不要說不及麥，豆，連小米也不如。然而每畝的產量多，而尤其需要的是燃料。我們的都會地方現在是用煤，也有用電與瓦斯的，可是在北方的鄉間因為交通不便與價值高貴的關係，主要的燃料是高粱秸。如果一年地裏不種高粱，那末農民的燃料便自然發生恐慌。除去為作粗糙的食品外，這便是在北方夏季到處能看見一片片高稈紅穗的高粱地的緣故。

高粱的收穫期約在夏末秋初。從前有我的一位族侄，——他死去十幾年了，一位舊典型的詩人，——他曾有過一首舊詩，是極好的一段高粱贊：

> 高粱高似竹，遍野參差綠。
> 粒粒珊瑚珠，節節琅玕玉。

農人對於高粱的紅米與長稈子的愛惜，的確也與珊瑚，琅玕相等。或者因為這等農產物品格過於低下的緣故，自來少見諸詩人的歌詠，不如稻，麥，豆類常在中國的田園詩人的句子中讀得到。

但這若干年來，高粱地是特別的為人所憎惡畏懼！常常可以聽見說：「青紗帳起來，如何，如何？ ……」「今年的青紗帳季怎麼過法？」因為每年的這個時季，鄉村中到處遍佈着恐怖，隱藏着殺機。通常在黃河以北的土匪頭目，叫做「桿子頭」，望文思義，便可知道與青紗帳是有關係的。高粱桿子在熱天中既遍地皆是，容易藏身，比起「佔山為王」還要便利。

　　青紗帳，現今不復是詩人，色情狂者所想像的清幽與挑撥肉感的所在，而變成鄉村間所恐怖的「魔帳」了！

　　多少年來帝國主義的壓迫，與連年內戰，捐稅重重，官吏，地主的剝削，現在的農村已經成了一個待爆發的空殼。許多人想着回到純潔的鄉村，以及想盡方法要改造鄉村，不能不說他們的「用心良苦」，然而事實告訴我們，這樣枝枝節節，一手一足的辦法，何時才有成效！

　　青紗帳季的恐怖不過是一點表面上的情形，其所以有散佈恐惶的原因多得很呢。

　　「青紗帳」這三個字徒然留下了極淡漠的，如煙如霧的一個表象在人人的心中，而內裏面卻藏有炸藥的引子！

一九三三，七月四日

（選自《青紗帳》，上海：生活書店，1936 年）

孫犁

吊掛

　　每逢新年，從初一到十五，大街之上，懸吊掛。

　　吊掛是一種連環畫。每幅一尺多寬，二尺多長，下面作牙旗狀。每四幅一組，串以長繩，橫掛於街。每隔十幾步，再掛一組。一條街上，共有十幾組。

　　吊掛的畫法，是用白布塗一層粉，再用色彩繪製人物山水車馬等等。故事多取材於《封神演義》，《三國演義》，五代殘唐或《楊家將》。其畫法與廟宇中的壁畫相似，形式與年畫中的連環畫一樣。在我的記憶中，新年時，吊掛只是一種裝飾，站立在下面的觀賞者不多。因為婦女兒童，看不懂這些故事，而大人長者，已經看了很多年，都已經看厭了。吊掛經過多年風雪吹打，顏色已經剝蝕，過了春節，就又由管事人收起來，放到家廟裏去了。吊掛與燈籠並稱。年節時街上也掛出不少有繪畫的紙燈籠，供人欣賞。雜貨舖掌櫃叫變吉的，每年在門前掛一個走馬燈，小孩們聚下圍觀。

鑼鼓

村裏人，從地畝攤派，製買了一套鑼鼓鐃鈸，平日也放在家廟裏，春節才取出來，放在十字大街動用。每天晚上吃過飯，鄉親們集在街頭，各執一器，敲打一通，說是娛樂，也是聯絡感情。

其鼓甚大，有架。鼓手執大棒二，或擊其中心，或敲其邊緣，緩急輕重，以成節奏。每村總有幾個出名的鼓手。遇有求雨或出村賽會，鼓載於車，鼓手立於旁，鼓棒飛舞，有各種花點，是最動人的。

小戲

小康之家，遇有喪事，則請小戲一台，也有親友送的。所謂小戲，就是街上擺一張方桌，四條板凳，有八個吹鼓手，坐在那裏吹唱。並不化妝，一人可演幾個腳色，並且手中不離樂器。桌上放着酒菜，邊演邊吃喝。有人來弔孝，則停戲奏哀樂。男女圍觀，靈前有戚戚之容，戲前有歡樂之意。中國的風俗，最通人情，達世故，有辯證法。

富人家辦喪事，則有老道念經。念經是其次，主要是吹奏音樂。這些道士，並不都是職業性質，很多是臨時裝扮成的，是農民中的音樂愛好者。他們所奏為細樂，笙管雲鑼，笛子嗩吶都有。

最熱鬧的場面，是跑五方。道士們排成長隊，吹奏樂器，繞過或跳過很多板凳，成為一種集體舞蹈。出殯時，他們在靈前吹奏着，走不遠農民們就放一條板凳，並設茶水，攔路請他們演奏一

番，以致靈車不能前進，延誤埋葬。經管事人多方勸說，才得作罷。在農村，一家遇喪事，眾人得歡心，總是因為平日文化娛樂太貧乏的緣故。

大戲

農村唱大戲，多為謝雨。農民務實，連得幾場透雨，豐收有望，才定期演戲，時間多在秋前秋後。

我的村莊小，記憶中，只唱過一次大戲。雖然只唱了一次，卻是高價請來的有名的戲班，得到遠近稱讚。並一直傳說：我們村不唱是不唱，一唱就驚人。事前，先由頭面人物去「寫戲」，就是訂合同。到時搭好照棚戲台，連夜派車去「接戲」。我們村莊小，沒有大牲口（騾馬），去的都是牛車，使演員們大為驚異，說這種車坐着穩當，好睡覺。

唱戲一般是三天三夜。天氣正在炎熱，戲台下萬頭攢動，塵土飛揚，擠進去就是一身透汗。而有些年輕力壯的小伙子，在此時刻，好表現一下力氣，去「扒台板」看戲。所謂扒台板，就是把小褂一脫，纏在腰裏，從台下側身而入，硬拱進去。然後扒住台板，用背往後一靠。身後萬人，為之披靡，一片人浪，向後擁去。戲台照棚，為之動搖。管台人員只好大聲喊叫，要求他穩定下來。他卻得意洋洋，旁若無人地看起戲來。出來時，還是從台下鑽出，並誇口說，他看見坤角的小腳了。在農村，看戲扒台板，出殯扛棺材頭，都是小伙子們表現力氣的好機會。

唱大戲是村中的大典，家家要招待親朋；也是孩子們最歡樂的節日。直到現在，我還記得一個歌謠，名叫「四大高興」。其詞曰：

新年到，搭戲台，先生（學校老師）走，媳婦來。

反之，為「四大不高興」。其詞為：

新年過，戲台拆，媳婦走，先生來。

可見，在農村，唱大戲和過新年，是同樣受到重視的。

一九八二年七月

（選自《遠道集》，天津：百花文藝出版社，1984 年）

藕與蒓菜

葉聖陶

　　同朋友喝酒，嚼着薄片的雪藕，忽然懷念起故鄉來了。若在故鄉，每當新秋的早晨，門前經過許多鄉人；男的紫赤的胳膊和小腿肌肉突起，軀幹高大且挺直，使人起健康的感覺；女的往往裹着白地青花的頭巾，雖然赤腳，卻穿短短的夏布裙，軀幹固然不及男的那樣高，但是別有一種健康的美的風致；他們各挑着一副擔子，盛着鮮嫩的玉色的長節的藕。在產藕的池塘裏，在城外曲曲彎彎的小河邊，他們把這些藕一再洗濯，所以這樣潔白。彷彿他們以為這是供人品味的珍品，這是清晨的畫境裏的重要題材，倘若塗滿污泥，就把人家欣賞的渾凝之感打破了；這是一件罪過的事，他們不願意擔在身上，故而先把它們洗濯得這樣潔白，才挑進城裏來。他們要稍稍休息的時候，就把竹扁擔橫在地上，自己坐在上面，隨便揀擇擔裏過嫩的「藕槍」或是較老的「藕樸」，大口地嚼着解渴。過路的人就站住了，紅衣衫的小姑娘揀一節，白頭髮的老公公買兩支。清淡的甘美的滋味於是普遍於家家戶戶了。這樣情形差不多是平常的日課，直到葉落秋深的時候。

　　在這裏上海，藕這東西幾乎是珍品了。大概也是從我們故鄉運來的。但是數量不多，自有那些伺候豪華公子碩腹巨賈的幫閒茶房們把大部分搶去了；其餘的就要供在較大的水果舖裏，位置在金山

蘋果呂宋香芒之間，專待善價而沽。至於挑着擔子在街上叫賣的，也並不是沒有，但不是瘦得像乞丐的臂和腿，就是澀得像未熟的柿子，實在無從欣羨。因此，除了僅有的一回，我們今年竟不曾吃過藕。

這僅有的一回不是買來吃的，是鄰舍送給我們吃。他們也不是自己買的，是從故鄉來的親戚帶來的。這藕離開它的家鄉大約有好些時候了，所以不復呈玉樣的顏色，卻滿被着許多鏽斑。削去皮的時候，刀鋒過處，很不爽利。切成片送進嘴裏嚼着，有些兒甘味，但是沒有那種鮮嫩的感覺，而且似乎含了滿口的渣，第二片就不想吃了。只有孩子很高興，他把這許多片嚼完，居然有半點鐘工夫不再作別的要求。

想起了藕就聯想到蓴菜。在故鄉的春天，幾乎天天吃蓴菜。蓴菜本身沒有味道，味道全在於好的湯。但是嫩綠的顏色與豐富的詩意，無味之味真足令人心醉。在每條街旁的小河裏，石埠頭總歇着一兩條沒篷的船，滿艙盛着蓴菜，是從太湖裏撈來的。取得這樣方便，當然能日餐一碗了。

而在這裏上海又不然；非上館子就難以吃到這東西。我們當然不上館子，偶然有一兩回去叨擾朋友的酒席，恰又不是蓴菜上市的時候，所以今年竟不曾吃過。直到最近，伯祥的杭州親戚來了，送他瓶裝的西湖蓴菜，他送給我一瓶，我才算也嘗了新。

向來不戀故鄉的我，想到這裏，覺得故鄉可愛極了。我自己也不明白，為什麼會起這麼深濃的情緒？再一思索，實在很淺顯：因為在故鄉有所戀，而所戀又只在故鄉有，就縈縈着不能割捨了。譬

如親密的家人在那裏，知心的朋友在那裏，怎得不戀戀？怎得不懷念？但是僅僅為了愛故鄉麼？不是的，不過在故鄉的幾個人把我們牽繫着罷了。若無所牽繫，更何所戀念？像我現在，偶然被藕與蒓菜所牽繫，所以就懷念起故鄉來了。

所戀在哪裏，哪裏就是我們的故鄉了。

（選自《葉聖陶散文甲集》，成都：四川人民出版社，1983 年）

賣白果

葉聖陶

　　總弄裏邊不知不覺籠上昏黃的暮色，一列電燈亮起來了。三三兩兩的男子和婦女站在各弄的口頭，似乎很正經的樣子，不知在談些什麼。幾個孩子，穿鞋沒拔上跟，他們互相追趕，鞋底擦着水門汀地，作「替替」的音響。

　　這時候，一個挑擔的慢慢地走進弄來，他向左右觀看，頓一頓再向前走兩三步。他探認主顧的習慣就是如此；主顧確是必須探認的，不然，挑着擔子出來難道是閒耍麼？走到第四弄的口頭，他把擔子歇下來了。我們試看看他的擔子。後頭有一個木桶，蓋着蓋子，看不見盛的是什麼東西。前頭卻很有趣，裝着個小小的爐子，同我們烹茶用的差不多，上面承着一隻小鑊子；瓣狀的火焰從鑊子旁邊舔出來，燒得不很旺。在這暮色已濃的弄口，便構成個異樣的情景。

　　他開了鑊子的蓋子，用一爿蚌殼在鑊子裏撥動，同時不很協調地唱起來了：「新鮮熱白果，要買就來數。」發音很高，又含有急促的意味。這一唱影響可不小，左弄右弄裏的小孩子陸續奔出來了，他們已經神往於鑊子裏的小顆粒，大人在後面喊着慢點兒跑的聲音，對於他們只是微茫的喃喃了。

據平昔的經驗，聽到叫賣白果的聲音時，新涼已經接替了酷暑；扇子雖不至於就此遭到捐棄，總不是十二分時髦的了；因此，這叫賣聲裏似乎帶着一陣涼意。今年入秋轉熱，回家來什麼也不做，還是氣悶，還是出汗。正在默默相對，彷彿要嘆息着說莫可奈何之際，忽然送來這麼帶着涼意的一聲兩聲，引起我片刻的幻想的快感，我真要感謝了。

　　這聲音又使我回想到故鄉的賣白果的。做這營生的當然不只是一個，但叫賣的聲調卻大致相似，悠揚而輕清，恰配作新涼的象徵；比較這裏上海的賣白果的叫賣聲有味得多了。他們的唱句差不多成為兒歌，我小時候曾經受教於大人，也摹仿着他們的聲調唱：

　　　　燙手熱白果，
　　　　香又香來糯又糯；
　　　　一個銅錢買三顆，
　　　　三個銅錢買十顆。
　　　　要買就來數，
　　　　不買就挑過。

　　這真是粗俗的通常話，可是在靜寂的夜間的深巷中，這樣不徐不疾，不剛勁也不太柔軟地唱出來，簡直可以使人息心靜慮，沉入享受美感的境界。本來，除開文藝，單從聲音方面講，凡是工人所唱一切的歌，小販呼喚的一切叫賣聲，以及戲台上紅面孔白面孔青衫長鬍子所唱的戲曲，中間都頗有足以移情的。我們不必辨認他們唱的是些什麼話，含着什麼意思，單就那調聲的抑揚徐疾送渡轉折等等去吟味；也不必如考據家內行家那樣用心，推究某種俚歌源於

什麼，某種腔調是從前某老闆的新聲，特別可貴；只敢足以悅我們的耳的，就多聽它一會；這樣，也就可以獲得不少賞美的樂趣。如果歌唱的也就是極好的文藝，那當然更好，原是不待說明的。

這裏上海的賣白果的叫賣聲所以不及我故鄉的，聲調不怎麼好自然是主因，而里中欠靜寂，沒有給它襯托，也有關係。全里的零零碎碎的雜聲，里外馬路上的汽車聲，工廠裏的機器聲，攪和在一起，就無所謂靜寂了。即使是神妙的音樂家，在這境界中演奏他生平的絕藝，也要打個很大的折扣，何況是不足道的賣白果的叫賣聲呢。

但是它能引起我片刻的幻想的快感，總是可以感謝而且值得稱道的。

（選自《葉聖陶散文甲集》，成都：四川人民出版社，1983 年）

三種船

葉聖陶

一連三年沒有回蘇州去上墳了。今年秋天有點兒空閒，就去上一趟墳。上墳的意思無非是送一點錢給看墳的墳客，讓他們知道某家的墳還沒有到可以盜賣的地步罷了。上我家的墳得坐船去。蘇州人上墳向來大都坐船，天氣好，逃出城圈子，在清氣充塞的河面上暢快地呼吸一天半天，確是非常舒服的事。這一趟我去，僱的是一條熟識的船。塗着的漆差不多剝光了，窗框歪斜，平板破裂，一副殘廢的樣子。問起船家，果然，這條船幾年沒有上岸修理了。今年夏季大旱，船隻好膠住在淺淺的河濱裏，哪裏還有什麼生意，又哪裏來錢上岸修理。就是往年，除了春季上墳，船也只有停在碼頭上迎曉風送夕陽的份兒。近年來到各鄉各鎮去，都有了小輪船，不然，可以坐紹興人的「嚙嚙船」，也不比小輪船慢，而且價錢都很便宜。如果沒有上墳這件事，蘇州城裏的船恐怕只能劈做柴燒了。而上墳的事大概是要衰落下去的，就像我，已經改變為三年上一趟墳了。

蘇州城裏的船叫做「快船」，與別地的船比起來，實在是並不快的。因為不預備經過什麼長江大湖，所以吃水很淺，船底闊而平。除了船頭是露天以外，分做頭艙中艙和艄篷三部分。頭艙可以搭高，讓人站直不至於碰頭頂。兩旁邊各有兩把或者三把小巧的靠背交椅，又有小巧的茶几。前簷掛着紅綠的明角燈，明角燈又掛着

紅綠的流蘇。踏腳的是廣漆的平板,一般是六塊,由橫的直的木條承着。揭開平板,下面是船家的儲藏庫。中艙也鋪着若干塊平板,可是差不多貼着船底,所以從頭艙到中艙得跨下一尺多。中艙兩旁邊是兩排小方窗,上面的一排可以吊起來,第二排可以卸去,以便靠着船舷眺望。以前窗子都配上明瓦,或者在拼湊的明瓦中間鑲這麼一小方玻璃,後來玻璃來得多了,就完全用玻璃。中艙與頭艙艄篷分界處都有六扇書畫小屏門,上方下方裝在不同的幾條槽裏,要開要關,只須左右推移。書畫大多是金漆的,無非「寒雨連江夜入吳」,「月落烏啼霜滿天」以及梅蘭竹菊之類。中艙靠後靠右擱着長板,供客憩坐。如果過夜,只要靠後多拼一兩條長板,就可以攤被褥。靠左當窗放一張小方桌,方桌旁邊四張小方凳。如果在小方桌上放上圓桌面,十來個人就可以聚餐。靠後靠右的長板以及頭艙的平板都是座頭,小方凳擺在角落裏湊數。末了兒說到艄篷,那是船家整個的天地。艄篷同頭艙一樣,平板以下還有地位,放着鍋灶碗櫥以及鋪蓋衣箱種種東西。揭開一塊平板,船家就蹲在那裏切肉煮菜。此外是搖櫓人站着搖櫓的地方。櫓左右各一把,每把由兩個人服事,一個當櫓柄,一個當櫓繩。船家如果有小孩,走不來的躺在桶裏,放在翹起的後艄,能夠走的就讓他在那裏爬,攔腰一條繩拴着,繫在篷柱上,以防跌到河裏去。後艄的一旁露出四條棍子,一順地斜並着,原來大概是護船的武器,後來轉變成裝飾品了。全船除着水的部分以外,窗門板柱都用廣漆,所以沒有其他船上常有的那種難受的桐油氣味。廣漆的東西容易擦乾淨,船旁邊有的是水,只要船家不懶惰,船就隨時可以明亮爽目。

從前,姑奶奶回娘家哩,老太太看望小姐哩,坐轎子嫌吃力,就喚一條快船坐了去。在船裏坐得舒服,躺躺也不妨,又可以吃

茶，吸水煙，甚至抽大煙。只是城裏的河道非常髒，有人家傾棄的垃圾，有染坊裏放出來的顏色水，淘米淨菜洗衣服涮馬桶又都在河旁邊幹，使河水的顏色和氣味變得沒有適當的字眼可以形容。有時候還浮着肚皮脹得飽飽的死貓或者死狗的屍體。到了夏天，紅裏子白裏子黃裏子的西瓜皮更是洋洋大觀。蘇州城裏河道多，有人就說是東方的威尼斯。威尼斯像這個樣子，又何足羨慕呢？這些，在姑奶奶老太太等人是不管的，只要小天地裏舒服，以外盡不妨馬虎，而且習慣成自然，那就連抬起手來按住鼻子的力氣也不用花。城外的河道寬闊清爽得多，到附近的各鄉各鎮去，或逢春秋好日子遊山玩景，以及幹那宗法社會裏的重要事項——上墳，喚一條快船去當然最為開心。船家做的菜是菜館比不上的，特稱「船菜」。正式的船菜花樣繁多，菜以外還有種種點心，一頓吃不完。非正式地做幾樣也還是精，船家訓練有素，出手總不脫船菜的風格。拆穿了說，船菜所以好就在於只準備一席，小鑊小鍋，做一樣是一樣，湯水不混和，材料不馬虎，自然每樣有它的真味，叫人吃完了還覺得饞涎欲滴。倘若船家進了菜館裏的大廚房，大鑊炒蝦，大鍋煮雞，那也一定會有坍台的時候的。話得說回來，船菜既然好，坐在船裏又安舒，可以眺望，可以談笑，玩它個夜以繼日，於是快船常有求過於供的情形。那時候，遊手好閒的蘇州人還沒有識得「不景氣」的字眼，腦子裏也沒有類似「不景氣」的想頭，快船就充當了適應時地的幸運兒。

除了做船菜，船家還有一種了不得的本領，就是相罵。相罵如果只會防禦，不會進攻，那不算希奇。三言兩語就完，不會像藤蔓似的糾纏不休，也只能算次等角色。純是常規的語法，不會應用

修辭學上的種種變化，那就即使糾纏不休也沒有什麼精彩。船家與人家相罵起來，對於這三層都能毫無遺憾，當行出色。船在狹窄的河道裏行駛，前面有一條鄉下人的柴船或者什麼船冒冒失失地搖過來，看去也許會碰撞一下，船家就用相罵的口吻進攻了，「你瞎了眼睛嗎？這樣橫衝直撞是不是去趕死？」諸如此類。對方如果有了反響，那就進展到糾纏不休的階段，索性把搖櫓撐篙的手停住了，反覆再四地大罵，總之錯失全在對方，所以自己的憤怒是不可遏制的。然而很少罵到動武，他們認為男人盤辮子女人扭胸脯不屬相罵的範圍。這當兒，你得欣賞他們的修辭的才能。要舉例子，一時可記不起來，但是在聽到他們那些話語的時候，你一定會想，從沒有想到話語可以這麼說的，然而唯有這麼說，才可以包含怨恨、刻毒、傲慢、鄙薄種種成分。編輯人生地理教科書的學者只怕沒有想到吧，蘇州城裏的河道養成了船家相罵的本領。

他們的搖船技術是在城裏的河道訓練成功的，所以長處在於能小心謹慎，船與船擦身而過，彼此絕不碰撞。到了城外去，遇到逆風固然也會拉縴，遇到順風固然也會張一扇小巧的布篷，可是比起別種船上的駕駛人來，那就不成話了。他們敢於拉縴或者張篷的時候，風一定不很大，如果真個遇到大風，他們就小心謹慎地回覆你，今天去不成。譬如我去上墳必須經過石湖，雖然吳瞿安先生曾做詩說石湖「天風浪浪」什麼什麼以及「群山為我皆低昂」，實在是個並不怎麼闊大的湖面，旁邊只有一座很小的上方山，每年陰曆八月十八，許多女巫都要上山去燒香的。船家一聽說要過石湖就抬起頭來看天，看有沒有起風的意思。到進了石湖的時候，臉色不免緊張起來，說笑都停止了。聽得船頭略微有汩汩的聲音，就輕輕地

互相警戒，「浪頭！浪頭！」有一年我家去上墳，風在十點過後大起來，船家不好說回轉去，就堅持着不過石湖。這一回難為了我們的腿，來回跑了二十里光景才上成了墳。

現在來說紹興人的「噹噹船」。那種船上備着一面小銅鑼，開船的時候就噹噹噹噹敲起來，算是信號，中途經過市鎮，又噹噹噹噹敲起來，招呼乘客，因此得了這奇怪的名稱。我小時候，蘇州地方沒有那種船。什麼時候開頭有的，我也說不上來。直到我到甪直去當教師，才與那種船有了緣。船停泊在城外，據傳聞，是與原有的航船有過一番鬥爭的。航船見它來搶生意，不免設法阻止。但是「噹噹船」的船夫只知道硬幹，你要阻止他們，他們就與你打。大概交過了幾回手吧，航船夫知道自己不是那些紹興人的敵手，也就只好用鄙夷的眼光看他們在水面上來去自由了。中間有沒有立案呀登記呀這些手續，我可不清楚，總之那些紹興人用腕力開闢了航線是事實。我們有一句話，「麻雀豆腐紹興人」，意思是說有麻雀豆腐的地方也就有紹興人，紹興人與麻雀豆腐一樣普遍於各地。試把「噹噹船」與航船比較，就可以證明紹興人是生存鬥爭裏的好角色，他們與麻雀豆腐一樣普遍於各地，自有所以然的原因。這看了後文就知道，且讓我把「噹噹船」的體制敍述一番。

「噹噹船」屬「烏篷船」的系統，方頭，翹尾巴，穹形篷，橫裏只夠兩個人並排坐，所以船身特別見得長。船旁塗着綠釉，底部卻塗紅釉，輕載的時候，一道紅色露出水面，與綠色作強烈的對照。篷純黑色。舵或紅或綠，不用，就倒插在船艄，上面歪歪斜斜標明所經鄉鎮的名稱，大多用白色。全船的材料很粗陋，製作也將就，只要河水不至於灌進船裏就成，橫一條木條，豎一塊木板，

像破衣服上的補綴一樣，那是不在乎的。我們上旁的船，總是從船頭走進艙裏去。上「噹噹船」可不然，我們常常踩着船邊，從推開的兩截穹形篷中間把身子挨進艙裏去，這樣見得爽快。大家既然不歡喜鑽艙門，船夫有人家托運的貨品就堆在那裏，索性把艙門堵塞了。可是踩船邊很要當心。西湖划子的活動不穩定，到過杭州的人一定有數，「噹噹船」比西湖划子大不了多少，它的活動不穩定也與西湖划划不相上下。你得迎着勢，讓重心落在踩着船邊的那隻腳上，然後另一隻腳輕輕伸下去，點着艙裏鋪着的平板。進了艙你就得坐下來。兩旁靠船邊擱着又狹又薄的長板就是座位，這高出鋪着的平板不過一尺光景，所以你坐下來就得聳起你的兩個膝蓋，如果對面也有人，那就實做「促膝」了。背心可以靠在船篷上，軀幹最好不要挺直，挺直了頭觸着篷頂，你不免要起局促之感。先到的人大多坐在推開的兩截穹形篷的空檔裏，這裏雖然是出入要道，時時有偏過身子讓人家的麻煩，卻是個優越的位置，透氣，看得見沿途的景物，又可以輪流把兩臂擱在船邊，舒散舒散久坐的困倦。然而遇到風雨或者極冷的天氣，船篷必須拉攏來，那位置也就無所謂優越，大家一律平等，埋沒在含有惡濁氣味的陰暗裏。

「噹噹船」的船夫差不多沒有四十以上的人，身體都強健，不懂得愛惜力氣，一開船就拼命划。五個人分兩邊站在高高翹起的船艄上，每人管一把櫓，一手當櫓柄，一手當櫓繩。那櫓很長，比旁的船上的櫓來得輕薄。當推出櫓柄去的時候，他們的上身也衝了出去，似乎要跌到河裏去的模樣。接着把櫓柄挽回來，他們的身子就往後頓，彷彿要坐下來似的。五把櫓在水裏這樣強力地划動，船身就飛快地前進了。有時在船頭加一把槳，一個人背心向前坐着，把它扳動，那自然又增加了速率。只聽得河水活活地向後流去，奏着

輕快的調子。船夫一壁划船，一壁隨口唱紹興戲，或者互相說笑，有猥褻的性談，有紹興風味的幽默諧語，因此，他們就忘記了疲勞，而旅客也得到了解悶的好資料。他們又喜歡與旁的船競賽，看見前面有一條什麼船，船家搖船似乎很努力，他們中間一個人發出號令說「追過它」，其餘幾個人立即同意，推呀挽呀分外用力，身子一會兒衝出去，一會兒倒仰過來，好像忽然發了狂。不多時果然把前面的船追過了，他們才哈哈大笑，慶賀自己的勝利，同時回復到原先的速率。由於他們划得快，比較性急的人都歡喜坐他們的船，譬如從蘇州到甪直是「四九路」（三十六里），同樣地划，航船要六個鐘頭，「嗆嗆船」只要四個鐘頭，早兩個鐘頭上岸，即使不想趕做什麼事，身體究竟少受些拘束，何況船價同樣是一百四十文，十四個銅板。（這是十五年前的價錢，現在總該增加了。）

風順，「嗆嗆船」當然也張風篷。風篷是破衣服、舊輓聯、乾麵袋等等材料拼湊起來的，形式大多近乎正方。因為船身不大，就見得篷幅特別大，有點兒不相稱。篷杆豎在船頭艙門的地位，是一根並不怎麼粗的竹頭，風愈大，篷杆愈彎，把袋滿了風的風篷挑出在船的一邊。這當兒，船的前進自然更快，聽着嘩嘩的水聲，彷彿坐了摩托船。但是膽子小點兒的人就不免驚慌，因為船的兩邊不平，低的一邊幾乎齊水面，波浪大，時時有水花從艙篷的縫裏潑進來。如果坐在低的一邊，身體被動地向後靠着，誰也會想到船一翻自己就最先落水。坐在高的一邊更得費力氣，要把兩條腿伸直，兩隻腳踩緊在平板上，才不至於脫離座位，跌撲到對面的人的身上去。有時候風從橫裏來，他們也張風篷，一會兒篷在左邊，一會兒調到右邊，讓船在河面上盡畫曲線。於是船的兩邊輪流地一高一低，旅客就好比在那裏坐幼稚園裏的蹺蹺板，「這生活可難受」，

有些人這樣暗自叫苦。然而「噹噹船」很少失事，風勢真個不對，那些船夫還有硬幹的辦法。有一回我到甪直去，風很大，飽滿的風篷幾乎蘸着水面，雖然天氣不好，因為船行非常快，旅客都覺得高興，後來進了吳淞江，那裏江面很闊，船沿着「上風頭」的一邊前進。忽然呼呼地吹來更猛烈的幾陣風，風篷着了濕重又離開水面。旅客連「哎喲」都喊不出來，只把兩隻手緊緊地支撐着艙篷或者坐身的木板。撲通，撲通，三四個船夫跳到水裏去了。他們一齊扳住船的高起的一邊，待留在船上的船夫把風篷落下來，他們才水淋淋地爬上船艄，濕了的衣服也不脫，拿起櫓來就拼命地划。

說到航船，凡是搖船的跟坐船的差不多都有一種哲學，就是「反正總是一個到」主義。反正總是一個到，要緊做什麼？到了也沒有燒到眉毛上來的事，慢點兒也嘸啥。所以，船夫大多銜着一根一尺多長的煙管，閉上眼睛，偶爾想到才吸一口，一管吸完了，慢吞吞拈了煙絲裝上去，再吸第二管。正同「噹噹船」相反，他們中間很少四十以下的人。煙吸暢了，才起來理一理篷索，泡一壺公眾的茶。可不要當做就要開船了，他們還得坐下來談閒天。直到專門給人家送信帶東西的「擔子」回了船，那才有點兒希望。好在坐船的客人也不要不緊，隔十多分鐘二三十分鐘來一個兩個，下了船重又上岸，買點心哩，吃一開茶哩，又是十分或一刻。有些人買了燒酒豆腐乾花生米來，預備一路獨酌。有些人並沒有買什麼，可是帶了一張源源不絕的嘴，還沒有坐定就亂攀談，挑選相當的對手。在他們，遲些兒到實在不算一回事，就是不到又何妨。坐慣了輪船火車的人去坐航船，先得做一番養性的功夫，不然，這種陰陽怪氣的旅行，至少會有三天的悶悶不樂。

航船比「嘡嘡船」大得多，船身開闊，艙作方形，木製，不像「嘡嘡船」那樣只用蘆席。艄篷也寬大，雨落太陽曬，船夫都得到遮掩。頭艙中艙是旅客的區域。頭艙要盤膝而坐。中艙橫攔着一條條長板，坐在板上，小腿可以垂直。但是中艙有的時候要裝貨，豆餅菜油之類裝滿在長板下面，旅客也只得攔起了腿坐了。窗是一塊塊的板，要開就得卸去，不卸就得關上。通常兩旁各開一扇，所以坐在艙裏那種氣味未免有點兒難受。坐得無聊，如果回轉頭去看艄篷裏那幾個老頭子搖船，就會覺得自己的無聊才真是無聊。他們的一推一挽距離很小，彷彿全然不用力氣，兩隻眼睛茫然望着岸邊，這樣地過了不知多少年月，把踏腳的板都踏出腳印來了，可是他們似乎沒有什麼無聊，每天還是走那老路，連一棵草一塊石頭都熟識了的路。兩相比較，坐一趟船慢一點兒悶一點兒又算得什麼。坐航船要快，只有巴望順風。篷杆豎在頭艙與中艙之間，一根又粗又長的木頭。風篷極大，直拉到杆頂，有許多竹頭橫撐着，吃了風，巍然地推進，很有點兒氣派。風最大的日子，蘇州到甪直三點半鐘就吹到了。但是旅客究竟是「反正總是一個到」主義者，雖然嘴裏嚷着「今天難得」，另一方面卻似乎嫌風太大船太快了，跨上岸去，臉上不免帶點兒悵然的神色。遇到頂頭逆風航船就停班；不像「嘡嘡船」那樣無論如何總得用人力去拼。客人走到碼頭上，看見孤零零的一條船停在那裏，半個人影兒也沒有，知道是停班，就若無其事地回轉身。風總有停的日子，那麼航船總有開的日子。忙於寄信的我可不能這樣安靜，每逢校工把發出的信退回來，說今天航船不開，就得擔受整天的不舒服。

（選自《葉聖陶散文甲集》，成都：四川人民出版社，1983年）

石板路

　　石板路在南邊可以說是習見的物事，本來似乎不值得提起來說，但是住在北京久了，現在除了天安門前的一段以外，再也見不到石路，所以也覺似有點希罕。南邊石板路雖然普通，可是在自己最為熟悉，也最有興趣的，自然要算是故鄉的，而且還是三十年前那時候的路，因為我離開家鄉就已將三十年，在這中間石板恐怕都已變成了粗惡的馬路了吧。案《寶慶會稽續志》卷一《街衢》云：

　　　　越為會府，衢道久不修治，遇雨泥淖幾于添膝，往來病之。守汪綱亟命計置工石，所至繕砌，浚治其湮塞，整齊其嵌崎，除哄陌之穢污，復河渠之便利，道涂堤岸，以至橋樑，靡不加葺，坦夷如砥，井里嘉歎。

乾隆《紹興府志》卷七引康熙志云：

　　　　國朝以來衢路益修潔，自市門至委巷，粲然皆石甃，故海內有天下紹興街之謠。然而生齒日繁，閭閻充斥，居民日夕侵佔，以廣市塵，初聯接飛簷，後竟至丈余，為居貨交易之所，一人作俑，左右效尤，街之存者僅容車馬。每遇雨霽雪消，一線之徑，陽焰不能射入，積至五六日猶泥濘，行者苦之。至冬殘歲晏，鄉民雜沓，到城貿易百物，肩摩趾躡，一失足則腹背

為人蹂躪。康熙六十年知府俞卿下令辟之，以石牌坊中柱為界，使行人足以往來。

查志載汪綱以宋嘉定十四年權知紹興府，至清康熙六十年整整是五百年，那街道大概就一直整理得頗好，又過二百年直至清末還是差不多。我們習慣了也很覺得平常，原來卻有天下紹興街之謠，這是在現今方才知道。小時候聽唱山歌，有一首云：

> 知了喳喳叫，
> 石板兩頭翹，
> 懶惰女客困盰覺。

　知了即是蟬的俗名，盛夏蟬鳴，路上石板都熱得像木板曬乾，兩頭翹起。又有歌述女僕的生活，主人乃是大家，其門內是一塊石板到底。由此可知在民間生活上這石板是如何普遍，隨處出現。我們又想到七星岩的水石宕，通稱東湖的繞門山，都是從前開採石材的遺蹟，在繞門山左近還正在採鑿着，整座的石山就要變成平地，這又是別一個證明。普通人家自大門內凡是走路一律都是石板，房內用磚鋪地，或用大方磚名曰地平，貧家自然也多只是泥地，但凡路必用石，即使在小村裏也有一條石板路，闊只二尺，僅夠行走。至於城內的街無不是石，年久光滑不便於行，則鑿去一層，雨後即着舊釘鞋行走其上亦不虞顛仆，更不必說穿草鞋的了。街市之雜沓仍如舊志所說，但店家侵佔並不多見，只是在大街兩邊，就店外擺攤者極多，大抵自軒亭口至江橋，幾乎沿路接聯不斷，中間空路也就留存得有限，從前越中無車馬，水行用船，陸行用轎，所以如改正舊文，當云僅容肩輿而已。這些擺攤的當然有好些花樣，不曉得

如今為何記不清楚，這不知究竟是為了年老健忘，還是嘴饞眼饞的緣故，記得最明白的卻是那些水果攤子，滿台擺滿了秋白梨和蘋果，一堆一角小洋，商人大張着嘴在那裏嚷着叫賣。這樣呼聲也很值得記錄，可惜也忘記了，只記得一點大意。石天基《笑得好》中有一則笑話，題目是老虎詩，其文曰：

> 一人向眾誇說，我見一首虎詩，做得極好極妙，止得四句詩，便描寫已盡。旁人請問，其人曰，頭一句是甚的甚的虎，第二句是甚的甚的苦，旁人又曰，既是上二句忘了，可說下二句罷。其人仰頭想了又想，乃曰，第三句其實忘了，還虧第四句記得明白，是很得很的意思。

市聲本來也是一種歌謠，失其詞句，只存意思，便與這老虎詩無異。叫賣的說東西賤，意思原是尋常，不必多來記述，只記得有一個特殊的例：賣秋白梨的大漢叫賣一兩聲，頻高呼曰，來馱哉，來馱哉，其聲甚急迫。這三個字本來也可以解為請來拿吧，但從急迫的聲調上推測過去，則更像是警戒或告急之詞，所以顯得他很是特別。他的推銷法亦甚積極，如有長衫而不似寒酸或嗇刻的客近前，便云：拿幾堆去吧。不待客人說出數目，已將台上兩個一堆或三個一堆的梨頭用右手擾亂歸併，左手即抓起竹絲所編三文一隻的苗籃來，否則亦必取大荷葉捲成漏斗狀，一堆兩堆的盡往裏裝下去。客人連忙阻止，並說出需要的堆數，早已來不及，普通的顧客大抵不好固執，一定要他從荷葉包裹拿出來再擺好在台上，所以只阻止他不再加入，原要兩堆如今已是四堆，也就多花兩個角子算了。俗語云：搾賣情銷，上邊所說可以算作一個實例。路邊除水果外一定還

有些別的攤子，大概因為所賣貨色小時候不大親近，商人又不是那麼大嚷大叫，所以不大注意，至今也就記不起來了。

　　與石板路有關聯的還有那石橋。這在江南是山水風景中的一個重要分子，在畫面上可以時常見到。紹興城裏的西邊自北海橋以次，有好些大的圓洞橋，可以入畫，老屋在東郭門內，近處便很缺少了，如張馬橋、都亭橋、大雲橋、塔子橋、馬梧橋等，差不多都只有兩三級，有的還與路相平，底下只可通小船而已。禹跡寺前的春波橋是個例外，這是小圓洞橋，但其下可以通行任何烏篷船，石級也當有七八級了。雖然凡橋雖低而兩欄不是牆壁者，照例總有天燈用以照路，不過我所明瞭記得的卻又只是春波橋，大約因為橋較大，天燈亦較高的緣故吧。這乃是一支木竿高約丈許，橫木上着板製人字屋脊，下有玻璃方龕，點油燈，每夕以繩上下懸掛。翟晴江《無不宜齋稿》卷一《甘棠村雜詠》之十七《詠天燈》云：

　　「冥冥風雨宵，孤燈一杠揭。熒光散空虛，燦逾田燭設。夜間歸人稀，隔林自明滅。」這所説是杭州的事，但大體也是一樣。在民國以前，屬慈善性的社會事業，由民間有志者主辦，到後來恐怕已經消滅了吧。其實就是在那時候，天燈的用處大半也只是一種裝點，夜間走路的人除了夜行人外，總須得自攜燈籠，單靠天燈是決不夠的。拿了「便行」燈籠走着，忽見前面低空有一點微光，預告這裏有一座石橋了，這當然也是有益的，同時也是有趣味的事。

三十四年十二月二日記，時正聞驢鳴

（選自《過去的工作》，澳門：大地出版社，1959年）

鄉村雜景

茅盾

人到了鄉下便像壓緊的彈簧驟然放鬆了似的。

從矮小的窗洞望出去，天是好像大了許多，鬆噴噴的白雲在深藍色的天幕上輕輕飄着；大地伸展着無邊的「夏綠」，好像更加平坦；遠處有一簇樹，矮矮地蹲在綠野中，卻並不顯得孤獨；反射着太陽光的小河，靠着那些樹旁邊彎彎地去了。有一座小石橋，橋下泊着一條「赤膊船」。

在鄉下，人就覺得「大自然」像老朋友似的嘻開着笑嘴老在你門外徘徊——不，老實是「排闥直入」，蹲在你案頭了。

住在都市的時候到公園裏去走走，你也可以看見藍天，白雲，綠樹，你也會暫時覺得這天，這雲，這樹，比起三層樓窗洞裏所見的天的一角，雲的一抹，樹的尖頂確實是更近於「自然」；那時候，你也會暫時感到「大自然」張開了兩臂在擁抱你了。但不知怎地，總也時時會感得這都市公園內所見的「大自然」不過是「大自然」的一部分，而且好像是「人工的」，——比方說，就像《紅樓夢》大觀園裏「稻香村」的田園風光是「人工的」一般。

生長在農村，但在都市裏長大，並且在都市裏飽嘗了「人間味」，我自信我染着若干都市人的氣質；我每每感到都市人的氣質是一個弱點，總想擺脫，卻怎地也擺脫不下；然而到了鄉村住下，靜思默念，我又覺得自己的血液裏原來還保留着鄉村的「泥土氣息」。

可以說有點愛鄉村罷？

不錯，有一點。並不是把鄉村當作不動不變的「世外桃源」所以我愛。也不是因為都市「醜惡」。都市美和機械美我都讚美的。我愛的，是鄉村的濃郁的「泥土氣息」。不像都市那樣歇斯底列、神經衰弱，鄉村是沉着的、執拗的、起步雖慢可是堅定的，——而這，我稱之為「泥土氣息」。

讓我們再回到農村的風景罷——

這裏，綠油油的田野中間又有發亮的鐵軌，從東方天邊來，筆直的向西去，遠得很，遠得很；就好像是巨靈神在綠野裏劃的一條墨線。每天早晚兩次，機關車拖着一長列的車廂，像爬蟲似的在這裏走過。說像爬蟲，可一點也不過分冤枉了這傢伙。你在大都市車站的月台上，聽得「喈」——的一聲歇斯底列的口笛，立刻滿月台的人像鬼迷了似的亂推亂撞，而於是，在隆隆的震響中，「這傢伙」喘着大氣衝來了，那時你覺得它快得很，又莽撞得很，可不是？然而在寥闊的田野中，憑着短窗遠遠地看去，它就像爬蟲，怪嫵媚的爬着、爬着，直到天邊看不見，混失在綠野中。

晚間，這傢伙按着鐘點經過時，在夏夜的薄光下，就像是一條身上有磷光的黑蟲，爬得更慢了，你會代替它心焦。

還有那天空的「鐵鳥」，一天也有一次飛過。像一個尖嘴姑娘似的，還沒見她的身影兒就聽得她那吵鬧的騷音，飛的不很高，翅膀和尾巴看去都很分明。它來的時候總在上午，鄉下人的平屋頂剛剛裊起了白色的炊煙。戴着大箬笠穿了鐵甲似的「蒲包衣」，在田裏工作的鄉下人偶然也翹頭望一會兒，一點表情都沒有。他們當然

不會領受那「鐵鳥」的好處，而且他們現在也還沒吃過這「鐵鳥」的虧。他們對於它淡漠得很，正像他們對於那「爬蟲」。

他們憎恨的，倒是那小河裏的實在可憐相的小火輪。這應該說是一「夥」了，因為有燒煤的小火輪，也有柴油輪，——鄉下人叫做「洋油輪船」，每天經過這小河，相隔二三小時就聽得那小石橋邊有吱吱的汽笛叫聲。這小火輪的一家門，放在大都市的碼頭上，誰也看它們不起。可是在鄉下，它們就是惡霸。它們軋軋地經過那條小河的時候總要捲起兩道浪頭，潑剌剌地冲打那兩岸的泥土。這所謂「浪頭」，自然么小可憐，不過半尺許高而已，可是它們一天幾次冲打那泥岸，已經夠使岸那邊的稻田感受威脅。大水的年頭兒，河水快與岸平，小火輪一過，河水就會灌進田裏。就在這一點，鄉下人和小火輪及其堂兄弟柴油輪成了對頭。

小石橋迤西的河道更加窄些，輪船到石橋口就要叫一聲，彷彿官府喝道似的。而且你站在那石橋上就會看見小輪屁股後那兩道白浪泛到齊岸半寸。要是那小輪是燒煤的，那它沿路還要撒下許多黑屎，把河牀一點一點填高淤塞，逢到大水大旱年成就要了這一帶的鄉下人的命。鄉下人憎恨小火輪不是盲目的沒有理由的。

沿着鐵軌來的「爬蟲」怎樣像蚊子用尖針似的嘴巴吮吸了農村的血，鄉下人是理解不到的；天空的「鐵鳥」目前和鄉村是無害亦無利；剩下來，只有小火輪一家門直接害了鄉下人，就好比橫行鄉里的土豪劣紳。他們也知道對付那水裏的「土劣」的方法是開浚河道，但開河要抽捐，納捐是老百姓的本分，河的開不開卻是官府的事。

剛才我不是説小石橋西首的河身特別窄麼？在內地，往往隔開一個山頭或是一條河就另是一個世界。這裏的河身那麼一窄，情形也就不同了。那邊出產「土強盜」。這也是非常可憐相的「土強盜」，沒有槍，只有鋤頭和菜刀。可是他們卻有一個「軍師」。這「軍師」又不是活人，而是一尊小小的泥菩薩。

這些「土強盜」不過十來人一幫。他們每逢要「開市」，大家就圍住了這位泥菩薩軍師磕頭膜拜，嘴裏唸着他們的「經」，有時還敲「法器」，跟和尚的「法器」一樣。末了，「土強盜」夥裏的一位，──他是那泥菩薩軍師的「代言人」，──就宣言「今晚上到東南方有利」，於是大家就到東南方。「代言人」負了那泥菩薩到一家鄉下人的門前，説「是了」，他的同伴們就動手。這份被光顧的人家照例是什麼值錢的東西也不會有的，「土強盜」自然也知道；他們的目的是綁票。住在都市裏的人一聽説「綁票」就會想到那是一輛汽車，車裏跳下四五人，都有手槍，疾風似的攫住了目的物就閃電似的走了。可是我們這裏所講的鄉下「土」綁票卻完全不同。他們從容得很。他們還有「儀式」。他們一進了「泥菩薩軍師」所指定的人家，那位負着泥菩薩的「代言人」就站在門角裏，臉對着牆，立刻把菩薩解下來供在牆角，一面念佛，一面拜，不敢有半分鐘的停頓。直到同伴們已經綁得了人，然後他再把泥菩薩負在背上，仍然一路念佛跟着回去。

第二天，假使被綁的人家籌得了兩塊錢，就可以把肉票贖回。

據説這一宗派的「土」綁匪發源於溫台，可是現在似乎別處也有了。而他們也有他們的「哲學」。他們説，偷一條牛還不如綁一

個人便當。牛使牛性的時候，怎地鞭打也不肯走，人卻不會那麼頑強抵抗。

真是多麼可憐相，然而嫵媚的綁匪呵？

（選自《茅盾散文速寫集》，北京：人民文學出版社，1980 年）

竹刀

陸蠡

　　誰要是看慣了平疇萬頃的田野，無窮盡地延伸着棋格子般的縱橫阡陌，四周的地平線形成一個整齊的圓圈，只有疏疏的竹樹在這圓周上劃上一些缺刻。這地平的背後沒有淡淡的遠山，沒有點點的帆影，這幅極單調極平凡的畫面乃似出諸毫無構思的拙劣的畫家的手筆，令遠矚者的眼光得不到休止，而感到微微的疲倦。

　　假如在這平野中有一座遮斷視線的孤山，不，一片高崗，一撮小丘，這對於永久囿於地的平面上的人們是多麼興奮啊。方朝日初上或夕陽西墜，有巨大的山影橫過田野，替沒有陪襯沒有光影的畫面上添上一筆淡墨，一筆濃沉；多霧或微雨的天，山頂上浮起一縷白煙，一抹煙靄，間或有一道彩色的長虹，從地平盡處一腳跨到山後，於是這山便成了居民憧憬的景物。遂有平野的詩人，望見這山影移上短牆，風從門口吹進來，微有一絲涼意，哦然脫口高吟「天風入羅幃，山影排戶闥」。意將古陋的舊門戶喻作鑲了獸環的朱門，從朱門裏隱隱窺見微風拂動的繡簾，而他自己成了高車駿馬的公子，偶然去那裏佇盼。一會兒門掩了，他才醒過來，原來只有一片山影；也有好事的名流，乘了短轎來這山腳底下，買了一杯黃酒，索筆題詞道：「湖山第一峰」，遺鈔而去，吩咐匠人鳩工勒石；這小山經過了許多品題，如受封禪，乃成為名山。附近的村莊亦改名為某山村。於是，在清明，在重九，遠地和近地的，大家像螞蟻

上樹般的跑上這小山，「登高」啊，「覽勝」啊，把山上的青草踏得一株不留。

有從遠僻的山鄉來的人望見了這名勝的小山，便呵呵大笑道：「這也算是『山』麼？這，我們只叫作『雞頭山』，因為只有雞頭大小，或者這因為山上長着很多野生的俗名叫作『雞頭』的草實。說得體面點，便叫作『饅頭山』，『紗帽山』，『馬鞍山』，這也算得『山』麼？」雙手叉住腰笑彎到地。

好奇的聽客便會從他誇張的口裏聽到他所見的是如何綿亘數百里的大山。摩天的高嶺終年住宿着白雲，深谷中連飛鳥都會驚墜！那是因為在清潭裏照見了它自己的影。嶙峋的怪石像巨靈起臥。野桃自生。不然則出山來的澗水何來這落英的一片？倘使溯流窮源而上，說不定有石扉砉然為你開啟呢。但是如果俗慮未清，中途想着妻母，那回首便會迷途了。

「我不喜歡這揣測的臆談，誰能夠相信這桃源的故事？」

於是他描說那跨懸在山腰間的羊腸路。那是只有兩尺多寬，是細密的整齊的梯級。一邊靠山，一邊靠削壁千仞的深壑。望下去黑黝黝的，迷眩的，這深澗底下隱伏着為蛟，為龍，或其他神怪的水族，不得而知。總之萬一踹了下去，則會跌得像一個爛柿子，有渣無骨頭。但是居住山裏的人挑了一二百斤的乾柴，往來這山道，耳朵沿擱着一朵蘭花，一朵山茶，百人中之一二會放上半截紙煙。他們挑着走着談笑着，如履平地，如行坦途，有時還開個玩笑，在別人的腰邊撈一把。

還有人攀援下依附岩上的薜蘿，腰間帶了一把短刀，去採取名貴的山藥，其中有一種叫作「吊蘭」的。風從峽谷吹來，身子一蕩

一蕩啊像個鐘錘，在厚密的綠葉底下，有時吐出兩條火紅的蛇的細舌頭，或躥出一個灰褐色的蜥蜴。……

聽者忘了適才的責備，恍惚身臨危岩，岩下是碧澄澄的潭水。彷彿腳下的小徑在足底下沉陷，他不敢俯憑，不敢仰視，一手搭住說故事的人的肩膀，如覓得一種扶持，一時找不出話由，道：

「你的家鄉便在這深山裏麼？」

怎的不是。那是榛榛莽莽的山，林葉的蔭翳，掩蔽了陽光，倘使在山徑的轉彎處不用斧頭削去一片木皮作個記認，便會迷路。羊齒類高過你一身。綠藤纏繞在幼木上，如同蛇纏了幼兒。藤有右纏的左纏的，若是右纏的，則是百事無憂的徵號，很容易找到路，碰到熟人，得好好兒受款待。迷路人倘若遇見左纏的藤，那是碰到鬼了，將尋不到要去的地方。但是你可以把它砍下，拿回家來，便會得了一根極神秘的驅邪的杖。

「關於山間神秘的話我聽得許多。我知道婦人用左手打人會使人臨到不幸的。則這左纏藤也正是這意義的擴張罷了。但是我想知道別的東西。」

故事又展開了。那是用「近山靠山，近水靠水」的老話開頭。山民的取喻每嫌不恰切，故事中拉出枝枝節節來，有如一篇沒有結構的文章。他最先說到山間頭上簪花的少女，在日出的時候負了竹筐到松林裏去掃夜間被山風搖落的松針，積滿一筐了，用「蔑耙」的柄穿着揹了回來。沿途採些「雞頭」、「毛楂」和不知名的果實，一面在澗水洗淨，一面嚼，倘有同伴在她的身旁投下一塊小石，濺了她一臉的水，便會挨一頓着實的罵或揪扭起來；在雨天，她們躲在家裏，把山裏掘來的一種柴根，和水搗成漿，沉澱出略帶紅色的

粉，那是比藕粉還細淨的，或是把從棕櫚樹上剝下來的棕櫚，一絲絲地抽出來，打成粗粗細細的繩線。

卻說這山中少女，她在每天早晨攜了竹筐到松林裏去掃夜風搖落的松針，裝滿一筐便揹了回來，沿途採些草實，在溪邊洗洗手，一天也不曾間斷。她有一天正揹了滿筐的松針回來的時候，覺得竹筐異常的沉重，便想道：是誰放了石塊在裏面麼？暫時憩憩吧，便靠着竹筐坐下，卻永久地坐在那兒了。山間人都說是因為她生得太美麗，被什麼山靈或河伯娶去了，她的父母還替她預備了紙製的嫁裝，焚化給她……

「這又是我聽到過不只一遍的故事……我頗想知道別的東西。」

你不是輕視幻想的編織麼？那末讓我選一個實際的故事說給你，只可惜有一個悲慘的收場。你願意知道山居的人是如何獲得每天的糧食和日用品麼？狩獵是不行的，鳥獸樂生，不可殺盡；農稼也不行的，高高低低梯級似的田壘，於他們很少興趣，況且這團團簇簇的高山遮住了陽光，只在中午的時候才曬進來，他們雖則種些番薯，山芋，玉蜀黍，大麥和小麥，但是他們大都靠打柴鋸木為生。他在高山上砍得松柯，擱在露天底下一個月兩個月，待乾黃的時候挑到附近數十里外的村鎮，換取一把鹽，幾枚針，一些細紗布，有時帶回一片薑，一包白糖……

冬天，他們砍下合抱的大樹，截成棟樑楹柱的尺寸，大概不會超過一丈六尺或一丈八尺，或則鋸成七八分對開的木板，等到明春山洪暴發的時候，順水流到港口，結成木筏，首尾銜接像一條長蛇，用竹篙撐着，撐到城市的近郊，售給木商運銷外埠。

山勢陡峻的所在，巨大的木材無法輸運，那只好任它自己折斷自己腐爛了。但是他們砍取寸許大小的堅木，放在泥土築成的窰裏燒成木炭，這樣重量便減輕了四分之三，容易挑到外面來，木炭的銷場是很好的。

　　「你說得又遠了。沒有指示給我故事的連索。」

　　是喲！事情便是這樣：他們是靠打柴燒炭為生。但是你知道城市裏的商人的陰惡和狠心麼？他們想盡種種方法，把炭和木板的買價壓低，賣價抬高。他們都成了巨富了，還要想出更好的方法，各行家聯合起來，霸住板炭的行市。他們不買，讓木筏和裝炭的竹簞擱在水裏，不准他們上岸，說銷場壞了，除非你們完全讓步。

　　但是誰都知道這鬼花樣啊！

　　有的讓步了。因為他們墊不起伙食費，有的呼號奔走了，但得不到公正的聲援，因為吏警官廳都和他們連在一起。山民空着手在城裏徜來徜去，望着櫥窗裏誘惑的東西，一襲夏季婦人穿的拷綢衣，紅紅綠綠的糖果，若能花了幾個子兒帶回去給孩子們，那他們多高興啊。

　　並且他知道家裏缺少一把鹽，幾升米，那是要用錢去換的。

　　他們憂鬱了。口裏也不哼短歌，妒忌地望着大腹便便的木行老闆，竟想不出辦法。

　　交易是自由的，不賣由你，不買由他，真是沒有話說了。

　　這裏由山村各戶湊合成的木筏是繫着許多家庭的幸福，縱然他們不致挨餓，他們的幸福的幻夢是被打碎了。……

「我希望這木行老闆有點良心，他們是夠肥了。」

若將憐憫希望在他們的身上，抱那希望的人才是可憫的。可是事情的解決卻非常簡單，你願意聽我說下去吧。

一天，一位年輕的人隨着大家撐着木筏到城裏去，正在禁止上岸的當兒。大家議論紛紛想不出主意。這位年輕的人一聲不響地在一隻角落裏用竹片削成一把尺來長的小刀，揣在懷裏，跑上岸去，揪出一位大肚皮的木行老闆，毫不費力的用竹刀刺進他的肚皮裏，聽說像刺豆腐一樣的爽利，刺進去的時候一點也沒有血濺出來，抽回來的時候，滿手都是黏膩的了。他跑出城來，在溪邊洗手的時候被警吏捉去。

「你說了可怕的故事了。我沒有想到你會說出這樣嚇人的語句，在你說到松林中簪花的少女……那一片美麗和平……你驅走了剛才引起的高山流水的奇觀，說桃花瓣從淙淙澗底流出來呢……我懊悔聽這故事，但是請你說完。」

官廳在檢驗兇器的時候頗懷疑竹刀的能力。傳犯人來問：

你是持這兇器殺人麼？

是的。

這怎麼成？

他拿了這竹刀，捏在右手裏，伸出左臂，用力向臂上刺去。入肉有兩寸深了，差一點不曾透過對面。復抽出這竹刀，擲在地上，鄙夷地望着臂上淙淙的血，說：

便是這樣。

大家臉都發青了。當時便沒有繼續訊問。各木板行老闆也似乎怵於竹刀的威力，自動派人和他們商訂條件，見了他們也不如先前的驕傲。

　　厚鈍的竹片割斷了這難解的結。「便是這樣」的斬釘截鐵的四個字勝於一切的控訴。你說這青年是笨貨麼？

　　「這位青年結果如何呢？」

　　聽說刺斷動脈後流血過多死了。……否則，他將在暗黑骯髒的牢房裏過他壯健的一生。

（選自《陸蠡集》，杭州：浙江文藝出版社，1984 年）

燈蛾埋葬之夜

郁達夫

　　神經衰弱症，大約是因無聊的閒日子過了太多而起的。

　　對於「生」的厭倦，確是促生這時毛病的一個病根，或者反過來說，如同發燒過後的人在嘴裏所感味到的一種空淡，對人生的這一種空淡之感，就是神經衰弱的徵候，也是一樣。

　　總之，入夏以來，這症狀似乎一天在比一天加重，遷居之後，這病症當然也和我一道地搬了家。

　　雖然是說不上什麼轉地療養，但新搬的這一間小屋，真也有一點田園的野趣。節季是交秋了，往後的這小屋的附近，這文明和蠻荒接界的區間，該是最有聲色的時候了。聲是秋聲，色當然也是秋色。

　　先讓我來說所以要搬到這裏來的原委。

　　不曉在什麼時候，被印上了「該隱的印號」之後，平時進出的社會裏絕跡不敢去了。當然社會是有許多層的，但那「印號」的解釋，似乎也有許多樣。

　　最重要的解釋，第一自然是叛逆，在做官是「一切」的國裏，這「印號」的政治的解釋，本盡可以包括了其他種種。但是也不盡然，最喜歡含糊的人類，有必要的時候，也最喜歡分清。

於是第二個解釋來了，似乎是關於「時代」的，曰「落伍」。天南北的兩極，只教用得着，也不妨同時並用，這便是現代人的智慧。

　　來往於兩極之間，新舊人同樣的可以舉用的，是第三個解釋，就是所謂「悖德」。

　　但是向額上摩摸一下，這「該隱的印號」，原也摩摸不出，更不必說這種種的解釋。或者行竊的人自己在心虛，自以為是犯了大罪，因而起這一種叫作被迫的 Complex，也說不定。天下太平，本來是無事的，神經衰弱病者可總免不了自擾。所以斷絕交遊，拋撇親串，和地獄底裏的精靈一樣，不敢現身露跡，只在一陣陰風裏獨來獨往的這種行徑，依小德謨克利多斯 Robert Burton 的分析，或者也許是憂鬱病的最正確的症候。

　　因為背上負着的是這麼一個十字架，所以一年之內，只學着行雲，只學着流水，搬來搬去的盡在搬動。暮春三月底，偶爾在火車窗裏，看見了些淺水平橋，垂楊古樹，和幾群飛不盡的烏鴉，忽然想起的，是這一個也不是城市，也不是鄉村的界線地方。租定這間小屋，將幾本叢殘的舊籍遷移過來的，怕是在五月的初頭。而現在卻早又是初秋了，時間的飛逝，實在是快得很，真快得很。

　　小屋的前後左右，除一條斜穿東西的大道之外，全是些斑駁的空地。一壟一壟的褐色土壟上，種着些秋茄豇豆之類，現在是一棵一棵的棉花也在半吐白蕊的時節了。而最好看的，要推向上包緊，顏色是白裏帶青，外面有一層毛茸似的白霧，菜莖柄上，也時時呈着紫色的一種外國人叫作 Lettuce 的大葉捲心菜；大約是因為地近上海的緣故吧，純粹的中國田園，也被外國人的嗜好所侵入了。這

一種菜，我來的時候，原是很多的，現在卻逐漸逐漸的少了下去。在這些空地中間，如突然想起似的，卑卑立著，散點在那裏的，是一間兩間的農夫的小屋，形狀奇古的幾株老柳榆槐，和看了令人不快的許多不落葬的棺材。此外同溝渠似的小河也有，以棺材舊板作成的橋樑也有；忽然一塊小方地的中間，種著些顏色鮮豔的草花之類的賣花者的園地也有；簡說一句，這裏附近的地面，大約可以以江浙平地區中的田園百科大辭典來命名；而在這百科大辭典中，異乎尋常，以一張厚紙，來用淡墨銅版畫印成的，要算在我們屋後矗立著的那塊本來是由外國人經營的龐大的墓地。

這墓地的歷史，我也不大明白，但以從門口起一直排著，直到中心的禮拜堂屋後為止的那兩排齊雲的洋梧桐樹看來，少算算大約也總已有了六十幾歲的年紀。

聽土著的農人說來，這彷彿是上海開港以來，外國人最先經營的墓地，現在是已經無人來過問了，而在三四十年前頭，卻也是洋冬至外國清明及禮拜日的滬上洋人的散步之所哩。因為此地離上海，火車不過三四十分鐘，來往是極便的。

小屋的租金，每月八元。以這地段說起來，似乎略嫌貴些，但因這樣的閒房出租的並不多，而屋前屋後，隙地也有幾弓，可以由租戶去蒔花種菜，所以比較起來，也覺得是在理的價格。尤其是包圍在屋的四周的寂靜，同在墳墓裏似的寂靜，是在洋場近處，無論出多少金錢也難買到的。

初搬過來的時候，只同久病初癒的患者一樣，日日只伸展了四肢，躺在藤椅子上，書也懶得讀，報也不願看，除腹中飢餓的時候，稍微吃取一點簡單的食物而外，破這平平的一日間的單調的，

是向晚去田塍野路上行試的一回漫步。在這將落未落的殘陽夕照之中，在那些青枝落葉的野菜畦邊，一個人背手走着，枯寂的腦裏，有時卻會洶湧起許多前後不接的斷想來。頭上的天色老是青青的，身邊的暮色也老是沉沉的。

但在這些前後沒有脈絡的斷想的中間，有時候也忽然大小腦會完全停止工作。呆呆的立在野田裏，同一根枯樹似的呆呆直立在那裏之後，會什麼思想，什麼感覺都忘掉，身子也不能動了，血液也彷彿凝住不流似的，全身就如成了「所多馬」城裏的鹽柱，不消説腦子是完全變作了無波紋無血管的一張扁平的白紙。

漫步回來，有時候也進一點晚餐，有時候簡直茶也不喝一口，就爬進牀去躺着。室內的設備簡陋到了萬分，電燈電扇等文明的器具是沒有的。月明之夜，睡到夜半醒來的時候，牀前的小泥窗口，若曬進了月亮的青練的光兒，那這一夜的睡眠，就不能繼續下去了。

不單是有月亮的晚上，就是平常的睡眠，也極容易驚醒。眼睛微微的開着，鼾聲是沒有的，雖則睡在那裏，但感覺卻又不完全失去，暗室裏的一聲一響，蟲鼠等的腳步聲，以及屋外樹上的夜鳥鳴聲，都一一會闖進到耳朵裏來。若在日裏陷入於這一種假睡的時候，則一邊睡着，一邊周圍的行動事物，都會很明細的觸進入意識的中間。若周圍保住了絕對的安靜，什麼聲響，什麼行動都沒有的時候，那在這假寐的一刻中，十幾年間的事情，就會很明細的，很快的，在一瞬間開展開來。至於亂夢，那更是多了，多得連敍也敍述不清。

我自己也知道是染了神經衰弱症了。這原是七八年來到了夏季必發的老病。

於是就更想靜養，更想懶散過去。

今年的夏季，實在並沒有什麼大熱的天氣，尤其是在我這一個離群的野寓裏。

有一天晚上，天氣特別的悶，晚餐後上牀去躺了一忽，終覺得睡不着，就又起來，打開了窗戶，和她兩人坐在天井裏候涼。

兩人本來是沒有什麼話好談，所以只是昂着頭在看天上的飛雲，和雲堆裏時時露現出來的一顆兩顆的星宿。

一邊慢搖着蒲扇，一邊這樣的默坐在那裏，不曉得坐了多久了，室內桌上的一枝洋燭，忽而滅了它的芯光。

兩人既不願意動彈，也不願意看見什麼，所以燈光的有無，也毫沒有關係，仍舊是默默的坐在黑暗裏搖動扇子。

又坐了好久好久，天末似起了涼風，窗簾也動了，天上的雲層，飛舞得特別的快。

打算去睡了，就問了一聲：

「現在不曉得是什麼時候了？」

她立了起來，慢慢走進了室內，走入裏邊房裏去拿火柴去了。

停了一會，我在黑暗裏看見了一絲火光和映在這火光周圍的一團黑影，及黑影底下的半面她的蒼白的臉。

第一枝火柴滅了，第二枝也滅了，直到了第三枝才點旺了洋燭。

洋燭點旺之後，她急急的走了出來，手裏卻拿着了那個大錶，輕輕地說：

「不曉是什麼時候了，錶上還只有六點多鐘呢？」

接過表來，拿近耳邊去一聽，什麼聲響也沒有。我連這錶是在幾日前頭開過的記憶也想不起來了。

「錶停了！」

輕輕地回答了一聲，我也消失了睡意，想再在涼風裏坐它一刻。但她卻又繼續着說：

「燈盤上有一隻很美的燈蛾死在那裏。」

跑進去一看，果然有一隻身子淡紅，翅翼綠色，比蝴蝶小一點，但全身卻肥碩得很的燈蛾橫躺在那裏。右翅上有一處焦影，觸鬚是燒斷了。默看了一分鐘，用手指輕輕撥了它幾撥，我雙目仍舊盯視住這撲燈蛾的美麗的屍身，嘴裏卻不能自禁地說：

「可憐得很！我們把它去向天井裏埋葬了罷！」

點了燈籠，用銀針向黑泥鬆處掘了一個圓穴，把這美麗的屍身埋葬完時，天風加緊了超來，似乎要下大雨的樣子。

拴上門戶，上牀躺下之後，一陣風來，接着如亂石似的雨點，便打上了屋簷。

一面聽着雨聲，一面我自語似的對她說：

「霞！明天是該涼快了，我想到上海去看病去。」

一九二八年八月作

（選自《奔流》第 1 卷第 4 期，1928 年 9 月 20 日）

鴨窠圍的夜

沈從文

天快黃昏時落了一陣雪子，不久就停了。天氣真冷，在寒氣中一切都彷彿結了冰，便是空氣，也像快要凍結的樣子。我包定的那一隻小船，在天空大把撒着雪子時已泊了岸。從桃源縣沿河而上這已是第五個夜晚。看情形晚上還會有風有雪，故船泊岸邊時便從各處挑選好地方。沿岸除了某一處有片沙岨宜於泊船以外，其餘地方全是黛色如屋的大岩石。石頭既然那麼大，船又那麼小，我們都希望尋覓得到一個能作小船風雪屏障，同時要上岸又還方便的處所。凡是可以泊船的地方早已被當地漁船佔去了。小船上的水手，把船上下各處撑去，鋼鑽頭敲打着沿岸大石頭，發出好聽的聲音，結果這隻小船，還是不能不同許多大小船隻一樣，在正當泊船處插了篙子，把當作錨頭用的石碇拋到沙上去，盡那行將來到的風雪，攤派到這隻船上。

這地方是個長潭的轉折處，兩岸是高大壁立千丈的山，山頭上長着小小竹子，長年翠色逼人。這時節兩山只剩餘一抹深黑，賴天空微明為畫出一個輪廓。但在黃昏裏看來如一種奇跡的，卻是兩岸高處去水已三十丈上下的吊腳樓。這些房子莫不儼然懸掛在半空中，借着黃昏的餘光，還可以把這些希奇的樓房形體，看得出個大略。這些房子同沿河一切房子有個共通相似處，便是從結構上說來，處處顯出對於木材的浪費。房屋既在半山上，不用那麼多木

料，便不能成為房子嗎？半山上也用吊腳樓形式，這形式是必須的嗎？然而這條河水的大宗出口是木料。木材比石塊還不值價。因此，即或是河水永遠長不到處，吊腳樓房子依然存在，似乎也不應當有何惹眼驚奇了。但沿河因為有了這些樓房，長年與流水鬥爭的水手，寄身船中枯悶成疾的旅行者，以及其他過路人，卻有了落腳處了。這些人的疲勞與寂寞是從這些房子中可以一律解除的。地方既好看，也好玩。

河面大小船隻泊定後，莫不點了小小的油燈，拉了篷。各個船上皆在後艙燒了火，用鐵鼎罐煮紅米飯，飯燜熟後，又換鍋子熬油，嘩的把菜蔬倒進熱鍋裏去。一切齊全了，各人蹲在艙板上三碗五碗把腹中填滿後，天已夜了。水手們怕冷怕動的，收拾碗盞後，就莫不在艙板上攤開了被蓋，把身體鑽進那個預先捲成一筒又冷又濕的硬棉被裏去休息。至於那些想喝一杯的，發了煙癮得靠靠燈，船上煙灰又翻盡了的，或一無所為，只是不甘寂寞，好事好玩想到岸上去烤烤火談談天的，則莫不提了桅燈，或燃一段廢纜子，搖晃着從船頭跳上了岸，從一堆石頭間的小路徑，爬到半山上吊腳樓房子那邊去，找尋自己的熟人，找尋自己的熟地。陌生人自然也有來到這條河中來到這種吊腳樓房子裏的時節，但一到地，在火堆旁小板凳上一坐，便是陌生人，即刻也就可以稱為熟人了。

這河邊兩岸除了停泊有上下行的大小船隻三十左右以外，還有無數在日前趁融雪漲水放下形體大小不一的木筏。較小的上面供給人住宿過夜的棚子也不見，一到了碼頭，便各自上岸找住處去了。大一些的木筏呢，則有房屋，有船隻，有小小菜園與養豬養雞柵欄，有女眷，有小孩子。

黑夜佔領了全個河面時，還可以看到木筏上的火光，吊腳樓窗口的燈光，以及上岸下船在河岸大石間飄忽動人的火炬紅光。這時節岸上船上都有人說話，吊腳樓上且有婦人在黯淡燈光下唱小曲的聲音，每次唱完一支小曲時，就有人笑嚷。什麼人家吊腳樓下有匹小羊叫，固執而且柔和的聲音，使人聽來覺得憂鬱。我心中想着，「這一定是從別一處牽來的，另外一個地方，那小畜生的母親，一定也那麼固執的鳴着罷。」算算日子，再過十一天便過年了。「小畜生明不明白只能在這個世界上活過十天八天？」明白也罷，不明白也罷，這小畜生是為了過年而趕來，應在這個地方死去的。此後固執而又柔和的聲音，將在我耳邊永遠不會消失。我覺得憂鬱起來了。我彷彿觸着了這世界上一點東西，看明白了這世界上一點東西，心裏軟和得很。

　　但我不能這樣子打發這個長夜，我把我的想像，追隨了一個唱曲時清中夾沙的婦女聲音到她的身邊去了。於是彷彿看到了一個牀鋪，下面是草薦，上面攤了一牀用舊帆布或別的舊貨做成髒而又硬的棉被，擱在被蓋上面的是一個木托盤，盤中有一把小茶壺，一個小煙盒，一塊石頭，一盞燈。盤邊躺着一個人。唱曲子的婦人，或是袖了手捏着自己的膀子站在吃煙者的面前，或是靠在男子對面的牀頭，為客人燒煙。房子分兩進，前面臨街，地是土地，後面臨河，便是所謂吊腳樓了。這些人房子窗口既一面臨河，可以憑了窗口呼喊河下船中人，當船上人過了癮，胡鬧已夠，下船時，或者尚有些事情囑托，或有其他原因，一個晃着火炬停頓在大石間，一個便憑立在窗口，「大老你記着，船下行時又來。」「好，我來的，我記着的。」「你見了順順就說：會呢，完了；孩子大牛呢，腳膝骨

好了；細粉捎三斤，冷糖捎三斤。」「記得到，記得到，大娘你放心，我見了就說：會呢，完了；大牛呢，好了。細粉來三斤，冰糖來三斤。」「楊氏，楊氏，一共四吊七，莫錯帳！」「是的，放心呵，你說四吊七就四吊七，年三十夜莫會要你多的！你自己記着就是了！」這樣那樣的說着，我一一皆可聽到，而且一面還可以聽着在黑暗中某一處咩咩的羊鳴。我明白這些回船的人是上岸吃過「葷煙」了的。

我還估計得出，這些人不吃「葷煙」，上岸時只去烤烤火的，到了那些屋子裏時，便多數只在臨街那一面舖子裏。這時節天氣太冷，大門必已上好了，屋裏一隅或點了小小油燈，屋中土地上必就地掘了淺凹，燒了些樹根柴塊。火光煜煜，且時時刻刻爆炸着一種難於形容的聲音。火旁矮板凳上坐有船上人，木筏上人，有對河住家的熟人。且有雖為天所厭棄還不自棄年過七十的老婦人，閉着眼睛蜷成一團蹲在火邊，悄悄的從大袖筒裏取出一片薯乾，一枚紅棗，塞到嘴裏去咀嚼。有穿着骯髒身體瘦弱的孩子，手擦着眼睛傍着火旁的母親打盹。屋主人有為退伍的老軍人，有翻船背運的老水手，有單身寡婦。借着火光燈光，可以看得出這屋中的大略情形，三堵木板壁上，一面必有個供奉祖宗的神龕，神龕下空處或另一面，必貼了一些大小不一的紅白名片。這些名片倘若有那些好事者加以注意，用小油燈照着，去仔細檢查，便可以發現許多動人的名銜，軍隊上的連副，上士，一等兵，商號中的管事，當地的團總，保正，催租吏，以及照例姓滕的船主，洪江的木簰商人，與其他人物，無所不有。這是近十年來經過此地若干人中一小部分的題名錄。這些人各用一種不同的生活，來到這個地方，且同樣的來到這

些屋子裏,坐在火邊或靠近牀上,逗留過若干時間。這些人離開了
此地後,在另一世界裏還是繼續活下去,但除了同自己的生活圈子
中人發生關係以外,與一同在這個世界上其他的人,卻彷彿便毫無
關係可言了。他們如今也許早已死掉了;水淹死的,槍打死的,被
外妻用砒霜謀殺的,然而這些名片卻依然將好好的保留下去。也許
有些人已成了富人名人,成了當地的小軍閥,這些名片卻仍然寫着
催租人,上士等等的銜頭。……除了這些名片,那屋子裏是不是還
有比它更引人注意的東西呢?鋸子,小撈兜,香煙大畫片,裝乾栗
子的口袋,……

　　提起這些問題時使人心中很激動。我到船頭上去眺望了一陣。
河面靜靜的,木筏上火光小了,船上的燈光已很少了,遠近一切只
能借着水面微光看出個大略情形。另外一處的吊腳樓上,又有了婦
人唱小曲的聲音,燈光搖搖不定,且有猜拳聲音。我估計那些燈光
同聲音所在處,不是木筏上的簰頭在取樂,就是水手們小商人在喝
酒。婦人手指上說不定還戴了水手特別為從常德府捎帶來的鍍金戒
指,一面唱曲一面把那隻手理着鬢角,多動人的一幅畫圖!我認識
他們的哀樂,這一切我也有份。看他們在那裏把每個日子打發下
去,也是眼淚也是笑,離我雖那麼遠,同時又與我那麼相近。這正
同讀一篇描寫西伯利亞的農人生活動人作品一樣,使人掩卷引起無
言的哀戚。我如今只用想像去領味這些人生活的表面姿態,卻用過
去一分經驗,接觸着了這種人的靈魂。

　　羊還固執的鳴着。遠處不知什麼地方有鑼鼓聲音,那是禳土酬
神巫師的鑼鼓。聲音所在處必有火燎與九品蠟,照耀爭輝,炫目火
光下有頭包紅布的老巫獨立作旋風舞,門上架上有黃錢,平地有裝

滿了穀米的平斗。有新宰的豬羊伏在木架上，頭上插着小小紙旗。有行將為巫師用口把頭咬下的活生公雞，縛了雙腳與翼翅，在土壇邊無可奈何的躺臥。主人鍋灶邊則熱了滿鍋豬血稀粥，灶中火光熊熊。

鄰近一隻大船上，水手們已靜靜的睡下了，只剩餘一個人吸着煙，且時時刻刻把煙管敲着船舷。也像聽着吊腳樓的聲音，為那點聲音所激動，忽然按捺自己不住了，只聽到他輕輕的罵着野話，擦了支自來火，點上一段廢纜，跳上岸往吊腳樓那裏去了。他在岸上大石間走動時，火光便從船篷空處漏進我的船中。也是同樣的情形吧，在一隻裝載棉軍服向上行駛的船上，泊到同樣的岸邊，躺在成束成捆的軍服上面，夜既太長，水手們愛玩牌的皆蹲坐在艙板上小油燈光下玩天九，睡既不成，便胡亂穿了兩套棉軍服，空手上岸，借着石塊間還未融盡殘雪返照的微光，一直向高岸上有燈光處走去。到了街上，除了從人家門罅裏露出的燈光成一條長線橫臥着，此外一無所有。在計算中以為應可見到的小攤上成堆的花生，用哈德門長煙盒裝着乾癟癟的小橘子，切成小方塊的片糖，以及在燈光下看守攤子把眉毛扯得極細的婦人（這些婦人無事可作時還會在燈光下做點針線的），如今什麼也沒有。既不敢冒昧闖進一個人家裏面去，便只好又回轉河邊船上了。但上山時向燈光凝聚處走去，方向不會錯誤。下河時可糟了。糊糊塗塗在大石小石間走了許久，且大聲喊着才走近自己所坐的一隻船。上船時，兩腳全是泥，剛攀上船舷還不及脫鞋落艙，就有人在棉被中大喊：「夥計哥子們，脫鞋呀！」把鞋脫了還不即睡，便鑲到水手身旁去看牌，一直看到半夜，——十五年前自己的事，在這樣地方溫習起來，使人對於命運

感到十分驚異。我懂得那個忽然獨自跑上岸去的人，為什麼上去的理由！

等了一會，鄰船上那人還不回到他自己的船上來，我明白他所得的必比我多了一些。我想聽聽他回來時，是不是也像別的船上人，有一個婦人在吊腳樓窗口喊叫他。許多人都陸續回到船上了，這人卻沒有下船。我記起「柏子」。但是，同樣是水上人，一個那麼快樂的趕到岸上去，一個卻是那麼寂寞的跟着別人後面走上岸去，到了那些地方，情形不會同柏子一樣，也是很顯然的事了。

為了我想聽聽那個人上船時那點推篷聲音，我打算着，在一切聲音皆已安靜時，我仍然不能睡覺，我等待那點聲音，大約到午夜十二點，水面上卻起了另外一種聲音。彷彿鼓聲，也彷彿汽油船馬達轉動聲，聲音慢慢的近了，可是慢慢的又遠了。像是一個有魔力的歌唱，單純到不可比方，也便是那種固執的單調，以及單調的延長，使一個身臨其境的人，想用一組文字去捕捉那點聲音，以及捕捉在那條長潭深夜一個人為那聲音所迷惑時節的心情，實近於一種徒勞無功的努力。那點聲音使我不得不再從那個業已用被單塞好空罅的艙門，到船頭去搜索它的來源。河面一片紅光，古怪聲音也就從紅光一面掠水而來。原來日裏隱藏在大岩下的一些小漁船，原來在半夜前早已靜悄悄的下了攔江網。到了半夜，把一個從船頭伸出水面的鐵兜，盛上燃着熊熊烈火的油柴，一面用木棒槌有節奏的敲着船舷各處漂去。身在水中見了火光而來與受了柝聲吃驚四竄的魚類，便在這種情形中觸了網，成為漁人的俘虜。當地人把這種捕魚方法叫「趕白」。

一切光，一切聲音，到這時節已為黑夜所撫慰而安靜了，只有水面上那一分紅光與那一派聲音。那種聲音與光明，正為着水中的魚和水面的漁人生存的搏戰，已在這河面上存在了若干年，且將在繼此而來的每個夜晚依然繼續存在。我弄明白了，回到艙中以後，依然默聽着那個單調的聲音。我所看到的彷彿是一種原始人與自然戰爭的情景。那聲音，那火光，都近於原始人類的戰爭，把我帶回到四五千年那個「過去」時間裏。

　　不知在什麼時候開始落了很大的雪，聽船上人嘟噥着。我心想，第二天我一定可以看到鄰船上那個人上船時節，在岸邊雪地上留下那一行足跡。那寂寞的足跡，事實上我卻不曾見到，因為第二天到我醒來時，小船已離開那個泊船處很遠了。

（選自《沈從文文集》9卷，廣州：花城出版社；香港：三聯書店，1984年）

白浪街

賈平凹

　　丹江流經竹林關，向東南而去，便進入了商南縣境。一百十一里到徐家店，九十里到梳洗樓，五里到月亮灣，再一十八里拐出沿江第四個大灣川到荊紫關，淅川，內鄉，均縣，老河口。汪汪洋洋九百九十里水路，山高月小，水落石出。船隻是不少的，都窄小窄小，又極少有桅杆豎立，偶爾有的，也從不見有帆扯起來。因為水流湍急，順江而下，只需把舵，不用划槳，便半天一晌，「輕舟已過萬重山」了。假若從龍駒寨到河南西峽走的是旱路，處處古關驛站，至今那些地方舊名依故，仍是武關，大嶺關，雙石關，馬家驛，林河驛等等。而老河口至龍駒寨，則水灘多甚，險峻而可名的竟達一百三十之處！江邊石崖上，低頭便見縴繩磨出的石渠和縴夫腳踩的石窩；雖然山根石皮上的一座座鎮河神塔都差不多坍了半截，或只留有一堆磚石，那夕陽裏依稀可見蒼苔綴滿了那石壁上的「遠源長流」字樣。一條江上，上有一座「平浪宮」在龍駒寨，下有一座「平浪宮」在荊紫關，一樣的純木結構，一樣的雕樑畫棟；破除迷信，雖然再也看不到船船供養着小白蛇，進「平浪宮」去香火不絕，三磕六拜，但在弄潮人的心上，龍駒寨、荊紫關是最神聖的地方。那些上了年紀的船公，每每摸弄着五指分開的大腳，就要誇說：「想當年，我和你爺從龍駒寨運蒼術、五倍子、木耳、漆油到荊紫關，從荊紫關運火紙、黃表、白糖、蘇木到龍駒寨，那是什

麼情景！你到過龍駒寨嗎？到過荊紫關嗎？荊紫關到了商州的邊緣，可是繁華地面呢！」

荊紫關確是商州的邊緣，確是繁華的地面；似乎這一切全是為商州天造地設的，一閃進關，江面十分開闊，黃昏裏平川地裏雖不大見孤煙直長的景象，落日在長河裏卻是異常的圓。初來乍到，認識論為之改變：商州有這麼大天地！但江東荊紫關，關內關外住滿河南人，江西村村相連，管道縱橫，卻是河南、湖北口音，唯有到了山根下一條叫白浪的小河南岸街上，才略略聽到一些秦腔呢。

這街是白浪街，小極小極的。這頭看不到那頭，走過去，似乎並不感覺這是條街道，只是兩排屋舍對面開門，門一律裝板門罷了。這裏最崇尚的顏色是黑白：門窗用土漆刷黑，凝重、鋥亮儼然如鐵門鋼窗，家裏的一切家什，大到櫃子、箱子，小到罐子、盆子，土漆使其光明如鏡，到了正午，你一人在家，家裏四面八方都是你。日子富裕的，牆壁要用白灰搪抹，即使再貧再寒，那屋脊一定是白灰抹的，這是江邊人對小白蛇（白龍）信奉的象徵，每每太陽升起空間一片迷離之時，遠遠看那山根，村舍不甚清楚，那錯錯落落的屋脊就明顯出對等的白直線段。燒柴成了這裏致命的弱點，節柴灶就風雲全街，每一家一進門就是一個磚砌的雙鍋灶，粗大的煙囪，如「人」字立在灶上，灶門是黑，煙囪是白。黑白在這裏和諧統一，黑白使這裏顯示着亮色。即使白浪河，其實並無波浪，更無白色，只是人仍對這一條淺淺的滿河黑色碎石的沙河理想而已。

街是十分的單薄，兩排房子，北邊的沿河堤築起，南邊的房後就一片田地，一直到山根。數來數去，組成這街的是四十二間房子，一分為二，北二十一間，南二十一間，北邊的斜着而上，南

邊的斜着而下。街道三步寬，中間卻要流一道溪水，一半用石條棚了，一半沒有棚，清清亮亮，無聲無息，夜裏也聽不到響動，只是一道星月。街裏九棵柳樹，彎腰扭身，一副媚態。風一吹，萬千柔枝，一會打在北邊木板門上，一會刷在南邊方格窗上，東西南北風向，在街上是無法以樹判斷的。九棵柳中，位置最中的，身腰最彎的，年齡最古老而空了心的是一棵垂柳。典型的粗和細的結合體，椿如桶，枝如絲。樹下就仄臥着一塊無規無則之怪石。既傷於觀賞，又礙於街面。但誰不能去動它，那簡直是這條街的街徽，重大的集會，這石上是主席台，重要的佈告，這石上的樹身是張貼欄，就是民事的糾紛，起咒發誓，也只能站在石前。

就是這條白浪街，陝西、河南、湖北三省在這裏相交，三省交結，界牌就是這一塊仄石。小小的仄石竟如泰山一樣舉足輕重，神聖不可侵犯。以這怪石東西直線上下，南邊的是湖北地面，以這怪石南北直線上下，北邊的街，上是陝西，下是河南。因為街道不直，所以街西頭一家，三間上屋屬湖北，院子卻屬陝西。據說解放以前，地界清楚，人居雜亂，湖北人住在陝西地上，年年給陝西納糧，陝西人住在河南地上，年年給河南納糧。如今人隨地走，那世世代代雜居的人就只得改其籍貫了。但若查起籍貫，陝西的為白浪大隊，河南的為白浪大隊，湖北的也為白浪大隊，大凡找白浪某某之人，一定需要強調某某省名方可。

一條街上分為三省，三省人是三省人的容貌，三省人是三省人的語言，三省人是三省人的商店。如此不到半里路的街面，商店三座，座座都是樓房。人有競爭的秉性，所以各顯其能，各表其功，先是陝西商店推倒土屋，一磚到頂修起十多間一座商廳，後就是河

南棄舊翻新堆起兩層木石結構樓房，再就是湖北人一下子發奮起四層水泥建築。貨物也一家勝過一家，比來比去，各有長短，陝西的棉紡織品最為贏，湖北以百貨齊全取勝，河南挖空心思，則常常以供應短缺品壓倒一切。地勢造成了競爭的局面，競爭促進了地勢的繁榮，就是這彈丸之地，成了這偌大的平川地帶最熱鬧的地方。每天這裏人打着漩渦，四十二戶人家，家家都做生意，門窗全然打開，辦有飯店、旅店、酒店、肉店、煙店。那些附近的生意人也就擔筐揹簍，也要擺攤，天不明就來佔卻地點，天黑嚴才收攤而回，有的則以石圍圈，或夜不歸宿，披被守地。別處買不到的東西，到這裏可以買，別處見不到的東西，到這裏可以見。「小香港」的名聲就不脛而走了。

三省人在這裏混居，他們都是炎黃的子孫，都是共產黨的領導，但是，每一省都不願意失自己的省風省俗，頑強地表現各自特點。他們有他們不同於別人的長處，他們也有他們不同於別人的短處。

湖北人在這裏人數最多。「天有九頭鳥，地有湖北佬」，他們待人和氣，處事機靈。新開的飯店餐具乾淨，桌椅整潔，即使家境再窮，那男人衛生帽一定是雪白雪白，那女人的頭上一定是絲紋不亂。若是有客稍稍在門口向裏一張望，就熱情出迎，介紹飯菜，幫拿行李，你不得不進去吃喝，似乎你不是來給他「送」錢的，倒是來享他的福的。在一張八仙桌前坐下，先喝茶，再吸煙，問起這白浪街的歷史，他一邊叮叮噹噹刀隨案板響，一邊說了三朝，道了五代。又問起這街上人家，他會說了東頭李家是幾口男幾口女，講了西頭劉家有幾隻雞幾頭豬；忍不住又自誇這裏男人義氣，女人好

看。或許一聲吶喊，對門的窗子裏就探出一個俊臉兒，説是其姐在縣上劇團，其妹的照片在縣照像館櫥窗裏放大了尺二，説這姑娘好不，應聲好，就説這姑娘從不刷牙，牙比玉白，長年下田，腰身細軟。要問起這兒特產，那更是天花亂墜，説這裏的火紙，吃水煙一吹就着；説這裏的瓷盤從漢口運來，光潔如玻璃片，結實得落地不碎，就是碎了，碎片兒刮汗毛比刀子還利；説這裏的老鼠藥特好功效，小老鼠吃了順地倒，大老鼠吃了跳三跳，末了還是順地倒。説的時候就拿出貨來，當場推銷。一頓飯畢，客飽肚滿載而去，桌面上就留下七元八元的，主人一邊端着殘茶出來順門潑了，一邊低頭還在説：照看不好，包涵包涵。他們的生意竟擴張起來，丹江對岸的荊紫關碼頭街上有他們的「租地」，雖然仍是小攤生意，天才的演説使他們大獲暴利，似乎他們的大力丸，輕可以治癢，重可以防癌，人吃了有牛的力氣，牛吃了有豬的肥膘，似乎那代售的避孕片，只要合在水裏，人喝了不再多生，狗喝了不再下崽，澆麥麥不結穗，澆樹樹不開花。一張嘴使他們財源茂盛，財源茂盛使他們的嘴從不受虧，常常三個指頭擎飯碗，將麵條高挑過鼻，沿街唏唏溜溜地吃。他們是三省之中最富有的公民。

河南人則以能幹聞名，他們勤苦而不戀家，強悍卻又狡獪。靠山吃山，靠水吃水，大人小孩沒有不會水性的。每三日五日，結夥成群，揹了七八個汽車內胎逆江而上，在五十里、六十里的地方去買柴買油桐籽。柴是一分錢二斤，油桐籽是四角錢一斤。收齊了，就在江邊啃了乾糧，喝了生水，憋足力氣吹圓內胎，便紮柴排順江漂下。一整天裏，柴排上就是他們的家，丈夫坐在排頭，妻子坐在排尾，孩子坐在中間，夏天裏江水暴溢，大浪濤濤，那柴排可接連三個、四個，一家幾口全只穿短褲，一身紫銅的顏色，在陽光

下閃亮，柴排忽上忽下，好一個氣派！到了春天，江水平緩，過姚家灣、梁家灣、馬家堡、界牌灘，看兩岸靜峰屑屑，賞山峰林木森森，江心的浪花雪白，崖下的深潭黝黑。遇見淺灘，就跳下水去連推帶拉，排下湍流，又手忙腳亂，偶爾排撞在礁石上，將孩子彈落水中，父母並不驚慌，排依然在走，孩子眨眼間冒出水來，又跳上排中。到了最平穩之處，輕風徐來，水波不興，一家人就仰躺排上，看天上水紋一樣的雲，看地下雲紋一樣的水，醒悟雲和水是一個東西，只是一個有鳥一個有魚而區別天和地了。每到一灣，灣裏都有人家，江邊有洗衣的女人，免不了評頭論足，唱起野蠻而優美的歌子，惹得江邊女子擲石大罵，他們倒樂得快活，從懷裏掏出酒來，大聲猜拳，有喝到六成七成，自覺高級幹部的轎車也未必比柴排平穩，自覺天上神仙也未必比他們自在。每到一個大灣的渡口，那裏總停有渡船，無人過渡，船公在那裏翻衣捉虱，就要喊一聲：「別讓一個溜掉！」滿江笑聲。月到江心，柴排靠岸，連夜去荊紫關拍賣了，柴是一斤二分，油桐籽五角一斤，三天辛苦，掙得一大把票子，酒也有了，肉也有了，過一個時期「吃飽了，喝脹了」的福豪日子。一等家裏又空了，就又逆江進山。他們的口福永遠不能受損，他們的力氣也是永遠使用不竭。精打細算與他們無緣，錢來得快，去得快，大起大落的性格使他們的生活大喜大悲。

陝西人，固有的風格使他們永遠處於一種中不溜兒的地位。勤勞是他們的本分，保守是他們的性格。拙於口才，做生意總是虧本，出遠門不習慣，只有小打小鬧。對河南、湖北人的大吃大喝，他們並不饞眼，看見河南、湖北人的大苦大累反倒相譏。他們是真正的安分農民，長年在土坷裏勞作。土地包產到戶後，地裏的活一旦做完，唯一油鹽醬醋的零花錢來源是打些麻繩了。走進每一家，

門道裏都安有擰繩車子，婆娘們盤腳而坐，一手搖車把，一手加草，一抖一抖的，車輪轉得是一個虛的圓團，車軸杆的單股草繩就發瘋似地腫大，再就是男子們在院子裏開始合繩：十股八股單繩拉直，兩邊一起上勁，長繩就抖得眼花繚亂，白天裏，日光在上邊跳，夜晚裏，月光在上邊碎，然後四股台一條，如長蛇一樣扔滿了一地。一條繩交給國家收購站，錢是賺不了幾分，但他們個個身寬體胖，又年高壽長。河南人、湖北人請教養身之道，回答是：不研究行情，夜裏睡得香，心便寬；不心重賺錢，茶飯不好，卻吃得及時，便自然體胖。河南、湖北人自然看不上這養身之道，但卻極願意與陝西人相處，因為他們極其厚道，街前街後的樹多是他們栽植，道路多是他們修鋪，他們注意文化，晚輩裏多是高中畢業生，能畫中堂上的老虎，能寫門框上的對聯，清夜月下，悠悠有吹簫彈琴的，必是陝西人氏。「寧叫人虧我，不叫我虧人」，因而多少年來，公安人員的摩托車始終未在陝西人家的門前停過。

　　三省人如此不同，但卻和諧地統一在這條街上。地域的限制，使他們不可能分裂仇恨，他們各自保持着本省的尊嚴，但團結友愛卻是他們共同的追求。街中的一條溪水，利用起來，在街東頭修起閘門，水分三股，三股水打起三個水輪，一是湖北人用來帶動壓麵機，一是河南人用來帶動軋花機，一是陝西人用來帶動磨麵機。每到夏天傍晚，當街那棵垂柳下就安起一張小桌打撲克，一張桌坐了三省，代表各是兩人，輪換交替，圍着觀看卻是一切老老少少，當然有輸有贏，友誼第一，比賽第二。月月有節，正月十五，二月初二，五月端午，八月中秋，再是臘月初八，大年三十，陝西商店給所有人供應雞蛋，湖北商店給所有人供應白糖，河南就又是粉條，又是煙酒。票證在這裏無用，後門在這裏失去環境。即使在文化革

命中，各省槍聲炮聲一片，這條街上風平浪靜；陝西境內一亂，陝西人就跑到湖北境內，湖北境內一亂，湖北人就跑到河南境內。他們各是各的避風港，各是各的保護人。各家婦女，最拿手的是各省的烹調，但又能做得兩省的飯菜。孩子們地道的是本省語言，卻又能精通兩省的方言土語。任何一家蓋房子，所有人都來「送菜」，送菜者，並不僅僅送菜，有肉的拿肉，有酒的提酒，來者對於主人都是幫工，主人對待幫工都是至客；一間新房便將三省人扭和在一起了。一家姑娘出嫁，三省人來送「湯」，一家兒子結婚，新娘子三省沿家磕頭作拜。街中有一家陝西人，姓荊，六十三歲，長身長臉，女兒八個，八個女兒三個嫁河南，三個嫁湖北，兩個留陝西，人稱「三省總督」。老荊五十八歲開始過壽日，壽日時女兒、女婿都來，一家人南腔北調語音不同，酸辣鹹甜口味有別，一家熱鬧，三省快樂。

一條白浪街，成為三省邊街，三省的省長他們沒有見過，三縣的縣長也從未到過這裏，但他們各自不僅熟知本省，更熟知別省。街上有三份報紙，流傳閱讀，一家報上登了不正之風的罪惡，秦人罵「瞎」，楚人罵「抄蛋」，豫人罵「狗球」；一家報上刊了振興新聞，秦人說「嫽」，楚人叫「美」，豫人喊「中」。山高皇帝遠，報紙卻使他們離政策近。只是可惜他們很少有戲看，陝西人首先搭起戲班子，湖北人也參加，河南人也參加，演秦腔，演豫劇，演漢調。條件差，一把二胡演過《血淚仇》，廣告色塗臉演過《梁秋燕》，以豆腐包披肩演過《智取威虎山》，愈鬧愈大，《於無聲處》的現代戲也演，《春草闖堂》的古典戲也演。那戲台就在白浪河邊，看客人山人海，一場戲，是丹江岸邊的大集合，是三省人的

大檢閱，是白浪街最紅火最盛大的節日。一時間，演員成了這裏的頭面人物，每每過年，這裏興送對聯，大家聯合給演員家送對聯，送的人莊重，被送的人更珍貴，對聯就一直保存一年，完好無缺。那戲台兩邊的對聯，字字斗般大小，先是以紅紙貼成，後就以紅漆直接在戲台上書寫，一邊是「丹江有船三日過五縣」，一邊是「白浪無波一石踏三省」，橫額是「天時地利人和」。

一九八三年四月三日靜虛村

（選自《平凹遊記選》，西安：陝西人民美術出版社，1986年）

秦腔

賈平凹

　　山川不同，便風俗區別；風俗區別，便戲劇存異。普天之下人不同貌，劇不同腔；京、豫、晉、越、黃梅、二簧、四川高腔，幾十種品類。或問：歷史最悠久者，文武最正經者，是非最洶洶者？曰：秦腔也。正如長處和短處一樣突出便見其風格，對待秦腔，愛者便愛得要死，惡者便惡得要命。外地人——尤其是自誇於長江流域的纖秀之士——最害怕秦腔的震撼。評論說得婉轉的是：唱得有勁；說得直率的是：大喊大叫。於是，便有柔弱女子，常在戲台下以絨堵耳；又或在平日教訓某人：你要不怎麼怎麼樣，今晚讓你去看秦腔！秦腔成了懲罰的代名詞。所以，別的劇種可以各省走動，唯秦腔則如秦人一樣，死不離窩。嚴重的鄉土觀念，也使其離不了窩。可能還在西北幾個地方變腔走調的有些市場，卻絕對衝不出往東南而去的潼關呢。

　　但是，幾百年來，秦腔卻沒有被淘汰、被沉淪，這使多少人有大惑而不得其解。其解是有的，就在陝西這塊土地上。如果是一個南方人，坐車轟轟隆隆往北走，渡過黃河，進入西岸，八百里秦川大地，原來竟是：一抹黃褐的平原；遼闊的地平線上，一處一處用木椽夾打成一尺多寬牆的土屋，粗笨而莊重；沖天而起的白楊、苦楝、紫槐，枝杆粗壯如桶，葉卻小似銅錢，迎風正反翻覆。你立即就會明白了：這裏的地理構造竟與秦腔的旋律維妙維肖的一統！

再去接觸一下秦人吧，活脫脫的一群秦始皇兵馬俑的復出：高個，濃眉，眼和眼間隔略遠，手和腳一樣粗大，上身又稍稍見長於下身。當他們揹着沉重的三角形狀的犁鏵，趕着山包一樣團塊組合式的秦川公牛，端着腦袋般大小的耀州瓷碗，蹲在立的臥的石滾子碌碡上吃着牛肉泡饃，你不禁又要改變起世界觀了：啊，這是塊多麼空曠而實在的土地，在這塊土地摸爬滾打的人群是多麼「二楞」的民眾！那晚霞燒起的黃昏裏，落日在地平線上欲去不去的痛苦的妊娠，五里一村，十里一鎮，高音喇叭裏傳播的秦腔互相交織、衝撞。這秦腔原來是秦川的天籟、地籟、人籟的共鳴啊！於此，你不漸漸感覺到了南方戲劇的秀而無骨嗎？不深深的懂得秦腔為什麼形成和存在而佔卻時間、空間的位置嗎？

八百里秦川，以西安為界，咸陽、興平、武功、周至、鳳翔、長武、岐山、寶雞，兩個專區幾十個縣為西府；三原、涇陽、高陵、戶縣、合陽、大荔、韓城、白水，一個專區十幾個縣為東府。秦腔，就源於西府。在西府，民性敦厚，説話多用去聲，一律咬字沉重，對話如吵架一樣，哭喪又一呼三嘆，呼喊遠人更是特殊：前聲拖十二分地長，末了方極快地道出內容。聲韻的發展，使會遠道喊人的人都從此有了唱秦腔的天才。老一輩的能唱，小一輩的能唱；男的能唱，女的能唱；唱秦腔成了做人最體面的事。任何一個鄉下男女，只有唱秦腔，才有出人頭地的可能。大凡有出息的，是個人才的，哪一個何曾未登過台，起碼不能哼一陣秦腔呢？！

農民是世上最勞苦的人，尤其是在這塊平原上，生時落草在黃土炕上，死了被埋在黃土堆；秦腔是他們大苦中的大樂。當老牛木犁疙瘩繩，在田野已經累得筋疲力盡，立在犁溝裏大喊大叫來

一段秦腔，那心胸肺腑，關關節節的困乏便一盡兒滌蕩淨了。秦腔與他們，是和「西鳳」白酒、長線辣子、大葉捲煙、牛肉泡饃一樣成為生命的五大要素。若與那些年長的農民聊起來，他們想像的偉大的共產主義生活，首先便是這五大要素。他們有的是吃不完的糧食，他們缺的是高超的藝術享受。他們教育自己的子女，不會是那些文豪們講的，幼年不是祖母講着動人的迷離的童話，而是一字一板傳授着秦腔。他們大都不識字，但卻出奇地能一本一本整套背誦出劇本，雖然那常常是之乎者也的字眼從那一圈鬍子的嘴裏吐出來十分彆扭。有了秦腔，生活便有了樂趣，高興了，唱「快板」，高興得是被烈性炸藥爆炸了一樣，要把整個身心粉碎在天空！痛苦了，唱「慢板」，揪心裂腸的唱腔卻表現了多麼有情有味的美來，美給了別人的享受，美也熨平了自己心中愁苦的皺紋。當他們在收穫時節的土場上，在月掛中天的莊院裏，大吼大叫唱起來的時候，那種難以想像的狂喜、激動、雄壯，與那些獻身於詩歌的文人，與那些有吃有穿卻總感空虛的都市人相比，常說的什麼偉大而痛苦的愛情，是多麼渺小、有限和虛弱啊！

　　我曾經在西府走動了兩個秋冬，所到之處，村村都有戲班，人人都會清唱。在黎明或者黃昏的時分，一個人獨獨地到田野裏去，遠遠看着天幕下一個一個山包一樣隆起的十三個朝代帝王的陵墓，細細辨認着田埂上、荒草中那一截一截漢唐時期石碑上的殘字，高高的土屋上的窗口裏就飄出一陣冗長的二胡聲，幾聲雄壯的秦腔叫板，我就痴呆了，感覺到那村口的土塵裏，一頭叫驢的打滾是那麼有力；猛然發現了自己心胸中一股強硬的氣魄隨同着胳膊上的肌肉疙瘩一起產生了。

每到農閒的夜裏，村裏就常聽到幾聲鑼響：戲班排演開始了。演員們都集合起來，到那古寺廟裏去。吹、拉、彈、奏、翻、打、念、唱，提袍甩袖，吹胡瞪眼，古寺廟成了古今真樂府，天地大犁園。導演是老一輩演員，享有絕對權威；演員是一家幾口，夫妻同台，父子同台，公公兒媳也同台。按秦川的風俗：父和子不能不有其序，爺和孫卻可以無道；弟與哥嫂可以嬉鬧無常，兄與弟媳則無正事不能多言。但是，一到台上，秦腔面前人人平等，兄可以拜弟媳為帥為將，子可以將老父繩綁索捆。寺廟裏有窗無扇，屋樑上蛛絲結網；夏天蚊蟲飛來，成團成團在頭上旋轉，薰蚊草就牆角燃起，一聲唱腔一聲咳嗽。冬天裏四面透風，柳木疙瘩火當中架起，一出場一臉正經，一下場湊近火堆，熱了前懷，涼了後背。排演到什麼時候，什麼時候都有觀眾，有抱着二尺長的煙袋的老者，有凳子高、桌子高趴滿窗台的孩子。廟裏一個跟斗未翻起，窗外就哇地一聲叫倒號，演員出來罵一聲：誰說不好的滾蛋！他們抓住窗台死不滾去，倒要連聲討好：翻得好！翻得好！更有殷勤的，跑回來偷拿了紅薯、土豆，在火堆裏煨熟給演員作夜餐，賺得進屋裏有一個安全位置。排演到三更雞叫，月兒偏西，演員們散了，孩子們還圍了火堆彎腰踢腿，學那一招一式。

　　一齣戲排成了，一人傳出，全村振奮，扳着指頭盼那上演日期。一年十二個月，正月元宵日，二月龍抬頭，三月三，四月四，五月初五過端午，六月六日曬絲綢，七月過半，八月中秋，九月初九，十月一日，再是那臘月五豆，臘八，二十三……月月有節，三月一會，那戲必是上演的。戲台是全村人的共同的事業，寧肯少吃少穿也要籌資積款，買上好的木石，請高強的工匠來修築。村子富

不富，就比這戲台闊不闊。一演出，半下午人就扛凳子去佔座位了；未等戲開，台下坐的、站的人頭攢擁，台兩邊階上立的、臥的是一群頑童。那鑼鼓就叮叮咣咣地鬧台，似乎整個世界要天翻地覆了。各類小吃趁機擺開，一個食攤上一盞馬燈，花生、瓜子、糖果、煙捲、油茶、麻花、燒雞、煎餅，長一聲短一聲叫賣不絕。鑼鼓還在一聲兒敲打，大幕只是不拉，演員偶爾從幕邊往下望望，下邊就喊：開演呀，場子都滿了！幕布放下，只說就要出場了，卻又叮叮咣咣不停。台下就亂了，後邊的喊前邊的坐下，前邊的喊後邊的為什麼不說最前邊的立着；場外的大聲叫着親朋子女名字，問有坐處沒有，場內的銳聲回應快進來；有要吃煎餅的喊熟人去買一個，熟人買了站在場外一揚手，「日」地一聲隔人頭甩去，不偏不倚目標正好；左邊的喊右邊的踩了他的腳，右邊的叫左邊的擠了他的腰，一個說：狗年快完了，你還叫啥哩？一個說：豬年還沒到，你便拱開了！言語傷人，動了手腳；外邊的趁機而入，一時四邊向裏擠，裏邊向外抗。人的漩渦湧起，如四月的麥田起風，根兒不動，頭身一會兒倒西，一會兒倒東；喊聲、罵聲、哭聲一片。有拼命擠將出來的，一出來方覺世界偌大，身體胖腫，但差不多卻光了腳，亂了頭髮。大幕又一挑，站出戲班頭兒，大聲叫喊要維持秩序，立即就跳出一個兩個所謂「二杆子」人物來。這類人物多是頭腦簡單、四肢發達、卻十二分忠誠於秦腔，此時便拿了樹條兒，哪裏人擠，往哪裏打去，如凶神惡煞一般。人人恨罵這些人，人人又都盼有這些人，叫他們是秦腔憲兵。憲兵者愈發忠於職責，雖然徹夜不得看戲，但大家一夜滿足了，他們也就滿足了一夜。

終於台上鑼鼓停了，大幕拉開，角色出場。但不管男的女的，出來偏不面對觀眾，一律背身掩面，女的就碎步後移，水上漂一

樣，台下就叫：瞧那腰身，那肩頭，一身的戲喲！是男的就搖那帽翎，一會雙搖，一會單搖，一邊上下飛閃，一邊紋絲不動，台下便叫：絕了，絕了！等到那角色兒猛一轉身，頭一高揚，一聲高叫，聲如炸雷豁嘟嘟直從人們頭頂碾過，全場一個冷顫，從頭到腳，每一個手指尖兒，每一根頭髮梢兒都麻酥酥的了。如果是演《救裴生》，那慧娘站在台中往下蹲，慢慢地，慢慢地，慧娘蹲下去了，全場人頭也矮下去了半尺；等那慧娘往起站，慢慢地，慢慢地，慧娘站起來了，全場人的脖子也全拉長了起來。他們不喜歡看生戲，最歡迎看熟戲，那一腔一調都曉得，哪個演員唱得好，就搖頭晃腦跟着唱，哪個演員走了調，台下就有人要糾正。說穿了，看秦腔不為求新鮮，他們只圖過過癮。

在這樣的地方，這樣的環境，這樣的氣氛，面對着這樣的觀眾，秦腔是最逞能的。它的藝術的享受，是和擁擠而存在，是有力氣而獲得的。如果是冬天，那風在颳着，像刀子一樣，如果是夏天，人窩裏熱得如蒸籠一般，但只要不是大雪、冰雹、暴雨，台下的人是不肯撤場的。最可貴的是那些老一輩的秦腔迷，他們沒有力氣擠在台下，也沒有好眼力看清演員，卻一溜一排地蹲在戲台兩側的牆根，吸着草煙，慢慢將唱腔品賞。一聲叫板，便可以使他們墜入藝術之宮，「聽了秦腔，肉酒不香」，他們是體會得最深。那些大一點的，脾性野一點的孩子，卻佔領了戲場周圍所有的高空，楊樹上、柳樹上、槐樹上，一個枝杈一個人。他們常常樂而忘了險境，雙手鼓掌時竟從樹杈上掉下來；掉下來自不會損傷，因為樹下是無數的人頭，只是招致一頓臭罵罷了。更有一些爬在了場邊的麥秸垛上，夏天四面來風，好不涼快；冬日就趴個草洞，將身子縮進去，露一個腦袋。也正是有閒階級享受不了秦腔吧，他們常就瞌睡

了；一覺醒來，月在西天，戲畢人散，只好苦笑一聲，悄然沒聲兒地溜下來回家敲門去了。

當然，一次秦腔演出，是一次演員亮相，也是一次演員受村人評論的考場。每每角色一出場，台下就一片喊喊喳喳：這是誰的兒子、誰的女子，誰家的媳婦，娘家何處？於是乎，誰有出息，誰沒能耐，一下子就有了定論。有好多外村的人來提親說媒，總是就在這個時候進行。據說有一媒人將一女子引到台下，相親台上一個男演員，事先誇口這男的如何俊樣，如何能幹；但戲演了過半，那男的還未出場。後來終於出來，是個國民黨的偽兵，持槍還未走到中台，扮游擊隊長的演員揮槍一指，「叭」地一聲，那偽兵就倒地而死，爬着鑽進了後幕。那女子當下哼了一聲，閉了嘴，一場親事自然了了。這是喜中之悲一例。據說還有一例，一個老頭在脖子上架了孫孫去看戲，孫孫吵着要回家，老頭好說好勸只是不忍半場而去，便破費買了半斤花生。他眼盯着台上，手在下邊剝花生，然後一顆一顆揚手餵到孫孫嘴裏，但餵着餵着，竟將一顆塞進孫孫鼻孔，吐不出，咽不下，口鼻出血，連夜送到醫院動手術，花去了七十元錢。但是，以秦腔引喜的事卻不計其數。每個村裏，總會有那麼個老漢，夜裏看戲，第二天必是頭一個起牀往戲台下跑。戲台下一片石頭、磚頭，一堆堆瓜子皮、糖裹紙、煙屁股。他掀掀這塊石頭，踢踢那堆塵土，少不了要揀到一角兩角甚至三元四元錢幣來，或者一隻鞋，或者一條手帕。這是村裏鑽刁人幹的營生，而饞嘴的孩子們有的則夜裏趁各家鎖門之機，去地裏摘那香瓜來吃，去誰家院裏將桃杏裝在背心兜裏回來分紅。自然少不了有那些青春妙齡的少男少女，則往往在台下混亂之中眼送秋波，或者就悄悄退出，相依相偎到黑黑的渠畔樹林子裏去了……

秦腔在這塊土地上，有着神聖的不可動搖的基礎。凡是到這些村莊去下鄉，到這些人家去作客，他們最高級的接待是陪着看一場秦腔；實在不逢年過節，他們就會要合家唱一會亂彈，你只能點頭稱好，不能恥笑，甚至不能有一點不入神的表示。他們一生最崇敬的只有兩種人，一是國家領導人，一是當地的秦腔名角。即使在任何地方，這些名角沒有在場，只要發現了名角的父母，去商店買油是不必排隊的，進飯館吃飯是會有座位的，就是在半路上擋車，只要喊一聲：我是某某的什麼，司機也便要嘎地停車。但是，誰要侮辱一下秦腔，他們要爭死爭活地和你論理，以至大打出手，永遠使你記住教訓。每每村裏過紅白喪喜之事，那必是要包一台秦腔的；生兒以秦腔迎接，送葬以秦腔致哀；似乎這個人生的世界，就是秦腔的舞台。人只要在舞台上，生、旦、淨、丑，才各顯了真性；惡的誇張其醜，善的凸現其美，善使他們獲得了美的教育，惡的也在醜裏化作了美的藝術。

　　廣漠曠遠的八百里秦川，只有這秦腔，也只能有這秦腔。八百里秦川的勞作農民，只有也只能有這秦腔使他們喜怒哀樂。秦人自古是大苦大樂之民眾，他們的家鄉交響樂除了大喊大叫的秦腔還能有別的嗎？

一九八三年五月二日於五味村

（選自《平凹遊記選》，西安：陝西人民美術出版社，1986 年）

縣城風光

何其芳

　　瀕長江上游的縣邑都是依山為城：在山麓像一隻巨大的腳伸入長流的江水之間，在那斜度減低的腳背上便置放着一圈石頭壘成的城垣，從江中仰望像臂椅。假若我們還沒有因飽饜了過去文士們對於山水的歌頌，變成純粹的風景欣賞家，那麼望着這些匍匐在自然巨人的腳背上的小城，我們會起一種愁苦的感覺，感到我們是渺小的生物，還沒有能用科學，文明，和人力來征服自然。這些山城多半還保留着古代的簡陋。三年前，也是在還鄉的路程中，我於落日西斜時走進了那個夔府孤城，唐代苦吟詩人杜甫曾寄寓過兩年的地方，那些狹隘的青石街道，那些短牆低簷的人戶，和那種荒涼，古舊，使我懷疑走入了中世紀。我無可奈何的買了幾把黃楊木梳。那種新月形的木梳是那山城裏唯一的名產，也使人懷想到長得垂地的，如雲的，古代女子的黑髮。

　　但溯巫峽而上，一直到了我的家鄉×縣，我們卻會嘆一口氣，感到了一種視線和心境都被拓開了的空曠。兩岸的山謙遜的退讓出較多的平地。我們對於這種自然的優容，想到很可以用人力來營建來發展成一個大城市。也就是由於這，三十四年前外國人才要求開闢為商埠，而在地圖上便有了一個紅色的錨形符號，在那些破舊的屋舍間便有了一座宣傳歐洲人的王道的教堂。

這個縣城在江的北岸。夾着一道山溪，我們可以借用兩個堂皇的名詞來說明，東邊是政治區域，西邊是商業區域。舊日的城垣僅只包圍着東邊那部分。江的南岸是一片更平曠的大壩，曾有人預計隨着這縣城的商業的發達，那裏會開闢成一個更繁榮的商場，不過這預言至今尚未應驗，隔着浩蕩的大江，隔着勢欲吞食帆船的白色波濤，我們遙遙望見的仍僅是一片零落的屋舍附寄在那林木蔥蘢的蒼色的山麓下，像一些螞蟻爬在多毛的熊掌上。那是翠屏山。一個漂亮的名字，列為縣志裏的十景之一。關於十景，當我在中學裏作本縣風景記那個課題時倒能逐一舉出，現在，恕我淡漠的說，早已忘記了。但從忘記中也有還能憶起的，翠屏山其一。此外在縣城西邊有一個太白岩，相傳李太白曾在那裏結廬隱居過，但在那岩半腰上實際只有一些廟宇，僧尼，並無任何證物可以說明它與那位飲酒發狂而且做詩的古人有過關係。當我在中學時，春秋旅行常常隨着同學們爬上那羊腸似的幾百級的石梯，最後在那香燭氤氳，幾乎使人窒息的廟宇中吃着學校發的三四個雞蛋糕。那時我雖不鄙薄名勝或風景，名勝或風景卻也一點不使我感到快樂。岩腳下還有一個流杯池，那倒有碑為證，從那被拓印，被風日侵蝕而顯得有一點漫漶的石碑上，我們可以讀到一篇黃庭堅手寫的題記，說他在什麼時候經過這裏，當時的郡守陪他遊宴是如何盡歡。碑前面是一塊大石板，刻着流杯的曲池。後來我在北平南海流水音看見了一個更大的曲池，才想到我家鄉的那個勝蹟大概是好事者所為，與古碑相映成趣而已。

　　現在讓我又忘掉它們吧。讓它們的名字埋在木板縣志裏再也無人去發掘吧。然而，十景之處，有一個成為人們所不屑稱道的地方卻是總難忘懷的，它的名字是紅砂磧。

順江水東流而下，在離開了市廛不久但已聽不見市聲的時候，我們便發見一個長七里半寬三里的磧岸。鋪滿了各種顏色各種形狀的石子。白色的鵝卵。瑪瑙紅的珠子。翡翠綠的耳墜。以及其他無法比擬刻畫的琳琅。這在哪一個孩子的眼中不是一片驚心動魄的寶山呢，哪一個孩子路過這裏不曾用他小小的手指拾得了一些真純的無瑕的歡欣呢。而且他們要帶回家去珍藏着，作為夢的遺留，在他們灰色的暗淡的童年裏永遠發出美麗的光輝，好像是大地給與孩子們唯一的恩物，雖說它們不過是冰冷的沉默的小石子。

　　因為我的家在江的上游，孩子時候很少有機會經過這個磧岸。就是那僅有的一二次，也由於大人們趕路程的匆促，不願等待，總是帶着悵惘之心離開了那片寶藏，其悲哀酸辛正如一個不幸的君王被強迫的拋棄了他的王國。我常以他日的歡忭安慰自己，我想當我成年時一定要獨自跑到那裏去盡情的賞玩整整一天，或者兩天。

　　然而我這次回到家鄉並未去償還那幼年的心願。我不是怕我這帶異鄉塵土的成人的足會踏碎了那脆薄的夢，我不相信那璀璨莊嚴的奇境會因時間之流的磨洗而變成了一片荒涼。這回是由於我自己的匆促。匆促，唉！這個不足作為理由的理由使我們錯過了，喪失了，或者驅走了多少當前的快樂呢？我們為什麼這樣急忙的趕着這短短的路程，從灰色的寂寞伸向永遠靜默的黑暗的路程？

　　在縣城裏我只能有一天半的勾留，我在鄉下的家更盼切的等待着我。這是久旱的六月天氣。一個荒年的預感壓在居民們的心上。蕭條的市面向我訴說着商業的凋零。

　　我不能忍耐這一幅愁眉苦臉。對這縣城我雖沒有預先存着過高的期望，也曾準備刮目相看，因為已別了三年。而且據說它已從

軍閥手中解脫了出來。然而，容我只談論一件細微的事情吧。關於我們這民族，我常有一些思索許久仍無法解釋的疑惑，比如植物中有一種草卉名叫罌粟，當我們在田野間看見那美麗的微笑着的紅紫色大花朵將發出怎樣的讚歎啊，數十年來我們的國人竟有許多嗜食它的果汁而成了難於禁絕的癖好，而且那種吸食的方法，態度⋯⋯我除了佩服我們的國人深深了解所謂「酒要一口一口的喝」的「生活的藝術」而外再也無法描繪了。我不說這種癖好在我的家鄉是如何風行，總之我當孩子時候常常在一些長輩戚族的家中見到。他們是不問世事的隱逸，在抗摩燈盤上的小擺設時像古董收藏者，在精神充滿時又成了清談家。我的祖父是一個痛惡深絕的反對黨。我卻在那時候便疑惑為什麼他們與那直接損害他們的身體健康的仇敵相處得那樣親善。如今在統一的名義之下，我對自己說，這種蔓延的惡習也許已剪除殆盡或者至少已傾向衰歇了。然而在街上仍容易見到，並且當我被人低聲告訴時，我彷彿窺見了一個看不見的巨大而可怕的蜘蛛網，一種更劇烈的白色結晶性的藥粉，竟傳到這小城市裏而且暗暗流行起來了。據說這種藥粉常常被一片小紙包着附貼在女人們繫襪帶的大腿間以散播到許多家庭裏去。但這些蜜蜂的腿是從什麼地方攫取它們來的？為什麼從前這山之國裏沒有這種舶來品現在卻驟然流行起來？我只能以帶着冷漠的疑惑的目光注視着那張貼在許多高牆上的嚴厲的「禁毒條例」。

此外還有更要使我感到迷惑而難於解釋的事，這些訴說着商業的凋零的小市民竟懷念十年前駐紮在這縣城裏的那個小軍閥了。那是一個很有名的小軍閥，伴着他的名字有一些荒唐的事實與傳說。

他到了這縣城不久便把那一圈石頭壘成的古城垣拆毀，以從人民的錢袋裏搜括來的金錢，以一些天知道從哪兒來的冒牌工程師

開始修着馬路，那些像毒蟒一樣吞噬了窮人們的家的馬路。那時候誰也不曾夢想到世界上有公家估價收買的方法，窮人們只有看着他們的窩被輾車踏過去，怨着命苦，而有錢的人們卻以賄賂使工程師的圖紙上的路線拐一個彎，或者稍微斜一下，或者另覓一條新途徑，保全他們的家宅和祖墳。所以我們現在走着的是忽高忽低，忽左忽右的馬路。若是坐在人力車上，我們便像一塊巨大的石塊，上坡時車夫弓着背慢慢的拉，下坡時他們的腳又像中了魔法一樣不能停留。

不過我記得那時富人們也一樣蹙着眉頭唉聲嘆氣，因為他們雖然可以盡量享用施行賄賂的特權，賄賂要錢，完納馬路捐也要錢。那時的馬路捐是一種很重很重的徵斂。假若不是那樣重，恐怕在層層分肥之後不能剩餘一點錢來使馬路向前伸展一尺。

我提起這件事並不是責備那位現在已流落到川省偏僻處的軍閥，我倒是想說明他在當時的軍人中還算一個維新黨。他不僅到了什麼地方就拆城牆修馬路，而且還禮賢下士。凡是從省處回來的大學生，不管是不是真上過大學，只要穿着一身西服去見他，他便給一個秘書官銜。他先後的姨太太在十人以上；而秘書則恐怕在百人以上。除了另有要職的秘書，大概都無薪俸，只是可以隨便叫勤務兵用風雨燈到軍部去滿滿的盛一燈煤油。

他建築了一個公園一個圖書館來裝飾這小縣城。那圖書館驕傲的踞蹲在一個很高很高的地方，常時要爬上數十級的使人流汗的石梯，因此冷清得像一座古廟。

他是一個野心家。他設立一個政治訓練學校，想把他統治的區域「系統化」起來，就是說一切行政人員都用受過他訓練的人。

他對那些未來的縣長，教育局長，或團練局長常常舉行「精神談話」。他說他第一步要統一四川，然後順長江而下，然後將勢力向江的南北一分，統一中國。這大概是他禮賢下士的原因。他喜歡人家穿西服，也就是提倡精神振作的意思。為着使這縣城裏的各色人等短裝起來，他曾施行過一種剪刀政策：叫警察們拿着剪刀站在十字街頭，遇見着長衫的便上前捉住，剪下那隨風飄揚的衣的前後幅。不知為什麼這新政策難於徹底實行。總之曇花一現後便停止了。

然而，已很夠了，這些已很夠使當時的小市民們皺着眉頭唉聲嘆氣了。自我有知以來，我家鄉的人們，在我記憶中都帶着愁苦的臉，悲傷的嘆息，不過那兩三年是他們負擔捐稅最重的時候，而且他們還有着一種心理上的負擔，對於那修馬路一類新設施的頑固的仇視。

現在為什麼他們還對那時候懷念，帶着善意的懷念？

是的，那時候這小城市裏商業比較繁榮一點。

我不能不用我自己的解釋了⋯⋯人是可憐的動物，善忘的動物。當我們不滿意「現在」時往往懷想着「過去」，彷彿我們也曾有過一段好日子，雖說實際同樣壞，或者更壞。我們便這樣的活下去。而這便是人的歷史。

現在讓我們在這忽高忽低，忽左忽右的馬路上再走一會兒吧，讓我們再賞玩一會兒這人間風景。頹舊的牆粉剝落的屋舍間有新築成的高樓；生意蕭條的商店裏陳列着從上海來的時貨；十幾年前在街頭流浪的孩子們現在已成了商人或手工人，但他們的孩子又流浪

在街頭，照樣的營養不足，照樣的髒。為着忍受「現在」這一份苦痛，我們是得把「過去」的苦痛忘記。好在我們能夠忘記。

我記憶裏的那一段親自經歷也就有點兒模糊了。

讓我以這回憶來結束我們對這縣城的巡禮。

那是一個天氣很好的九月的下午，當我享受完了一個禮拜日的悠閒回到學校裏去，剛剛踏上了校門外的臺階，便聽見一陣連續的機關槍聲在河中響起來了，學校的校址臨近河岸。最近的交涉衝突我們也稍微知道一點。當我走進飯廳，晚餐已一桌一桌的擺好，突然震撼牆壁屋瓦的炮聲怒吼起來了，我們都倉皇的從後門跑出去。在一個低窪的岩腳下我們躲避着。天空藍得那樣安靜，但不斷的霹靂從山谷反響到山谷。我們看着兵士搬運生鏽的大炮到河岸去，一會兒又看着他們搬運受傷的回來。我記不清一直蹲到什麼時候我們才回到學校去。但炮聲停止後這縣城還是在繼續着燃燒，巨大的紅色火焰在威脅着無言的天空。我們的學校卻僅僅毀壞了幾個牆壁。那可怕的硫磺彈打在牆壁的石基上沒有能夠延燒到校內的樓房。

第二天我和同學們出去看了一條街的灰燼。

然而我們又看看一些新的建築物在那灰燼裏苗長起來，漸漸的誰也忘記了那一場巨毀，正如忘記一次偶然的火災一樣。由於消防設備不善，這縣城裏常有一些大小的火災發生，依據商人們的説法，這縣城是愈燒愈繁榮。至於那次死亡的人民呢，那更比不上被焚毀的屋舍引人注意了。人這種動物實在是太多太多，天然的夭折與人為的殺戮同樣永遠繼續着，永遠不足驚奇。

這縣城便是那有名的《怒吼吧，中國》的取景地，現在靜靜的立在特里查可夫所謂中國的伏爾加河的北岸。

十一月一日夜

（選自《何其芳文集》2卷，北京：人民文學出版社，1982年）

一個消逝了的山村

馮至

在人口稀少的地帶，我們走入任何一座森林，或是一片草原，總覺得它們在洪荒時代大半就是這樣。人類的歷史演變了幾千年，它們卻在人類以外，不起一些變化，千百年如一日，默默地對着永恆。其中可能發生的事跡，不外乎空中的風雨，草裏的蟲蛇，林中出沒的走獸和樹間的鳴鳥。我們剛到這裏來時，對於這座山林，也是那樣感想，絕不會問到：這裏也曾有過人煙嗎？但是一條窄窄的石路的殘跡洩露了一些秘密。

我們走入山谷，沿着小溪，走兩三里到了水源，轉上山坡，便是我們居住的地方。我們住的房屋，建築起來不過二三十年，我們走的路，是二三十年來經營山林的人們一步步踏出來的。處處表露出新開闢的樣子，眼前的濃綠淺綠，沒有一點歷史的重擔。但是我們從城內向這裏來的中途，忽然覺得踏上了一條舊路。那條路是用石塊砌成，從距谷口還有四五里遠的一個村莊裏伸出，向山谷這邊引來，先是斷斷續續，隨後就隱隱約約地消失了。它無人修理，無日不在繼續着埋沒下去。我在那條路上走時，好像是走着兩條道路，一條路引我走近山居，另一條路是引我走到過去。因為我想，這條石路一定有一個時期宛宛轉轉地一直伸入谷口，在谷內溪水的兩旁，現在只有樹木的地帶，曾經有過房屋，只有草的山坡上，曾經有過田園。

過了許久，我才知道，這裏實際上有過村落。在七十年前，雲南省的大部分，經過一場浩劫，回、漢互相仇殺，有多少村莊城鎮在這裏邊衰落了。在當時短短的二十年內，僅就昆明一個地方說，人口就從一百四十餘萬降落到二十五萬。這裏原有的山村，是回民的，可是漢人的，是一次便毀滅了呢，還是漸漸地凋零下去，我們都無從知道，只知它是在回人幾度圍攻省城時成了犧牲。現在就是一間房屋的地基都尋不到了，只剩下樹林、草原、溪水，除卻我們的住房外，周圍四五里內沒有人家，但是每座山，每個幽隱的地方還都留有一個名稱。這些名稱現在只生存在從四鄰村裏走來的、砍柴、揹松毛、放牛牧羊的人們的口裏。此外它們卻沒有什麼意義；若有，就是使我們想到有些地方曾經和人生過關係，都隱藏着一小段興衰的歷史吧。

　　我不能研究這個山村的歷史，也不願用想像來裝飾它。它像是一個民族在這世界裏消亡了，隨着它一起消亡的是它所孕育的傳說和故事。我們沒有方法去追尋它們，只有在草木之間感到一些它們的餘韻。

　　最可愛的是那條小溪的水源，從我們對面山的山腳下湧出的泉水；它不分晝夜地在那兒流，幾棵樹環繞着它，形成一個陰涼的所在。我們感謝它，若是沒有它，我們就不能在這裏居住，那山村也不會曾經在這裏滋長。這清冽的泉水，養育我們，同時也養育過往日那村裏的人們。人和人，只要是共同吃過一棵樹上的果實，共同飲過一條河裏的水，或是共同擔受過一個地方的風雨，不管是時間或空間把他們隔離得有多麼遠，彼此都會感到幾分親切，彼此的生命都有些聲息相通的地方。我深深理解了古人一首情詩裏的句子：「日日思君不見君，共飲長江水。」

其次就是鼠曲草。這種在歐洲非登上阿爾卑斯山的高處不容易採擷得到的名貴的小草，在這裏每逢暮春和初秋卻一年兩季地開遍了山坡。我愛它那從葉子演變成的，有白色茸毛的花朵，謙虛地摻雜在亂草的中間。但是在這謙虛裏沒有卑躬，只有純潔，沒有矜持，只有堅強。有誰要認識這小草的意義嗎？我願意指給他看：在夕陽裏一座山丘的頂上，坐着一個村女，她聚精會神地在那裏縫什麼，一任她的羊在遠遠近近的山坡上吃草，四面是山，四面是樹，她從不抬起頭來張望一下，陪伴着她的是一叢一叢的鼠曲從雜草中露出頭來。這時我正從城裏來，我看見這幅圖像，覺得我隨身帶來的紛擾都變成深秋的黃葉，自然而然地凋落了。這使我知道，一個小生命是怎樣鄙棄了一切浮誇，孑然一身擔當着一個大宇宙。那消逝了的村莊必定也曾經像是這個少女，抱着自己的樸質，春秋佳日，被這些白色的小草圍繞着，在山腰裏一言不語地負擔着一切。後來一個橫來的運命使它驟然死去，不留下一些誇耀後人的事跡。

雨季是山上最熱鬧的時代，天天早晨我們都醒在一片山歌裏。那是些從五六里外趁早上山來採菌子的人。下了一夜的雨，第二天太陽出來一蒸發，草間的菌子，俯拾皆是：有的紅如胭脂，青如青苔，褐如牛肝，白如蛋白，還有一種赭色的，放在水裏立即變成靛藍的顏色。我們望着對面的山上，人人踏着潮濕，在草叢裏，樹根處，低頭尋找新鮮的菌子。這是一種熱鬧，人們在其中並不忘卻自己，各人釘着各人目前的世界。這景象，在七十年前也不會兩樣。這些彩菌，不知點綴過多少民族的童話，它們一定也滋養過那山村裏的人們的身體和兒童的幻想吧。

這中間，高高聳立起來那植物界裏最高的樹木，有加利樹。有時在月夜裏，月光把被微風搖擺的葉子鍍成銀色，我們望着它每瞬間都在生長，彷彿把我們的身體，我們的周圍，甚至全山都帶着生長起來。望久了，自己的靈魂有些擔當不起，感到悚然，好像對着一個崇高的嚴峻的聖者，你若不隨着他走，就得和他離開，中間不容有妥協。但是，這種樹本來是異鄉的，移植到這裏來並不久，那個山村恐怕不會夢想到它，正如一個人不會想到他死後的墳旁要栽什麼樹木。

秋後，樹林顯出蕭疏。剛過黃昏，野狗便四出尋食，有時遠遠在山溝裏，有時近到牆處，作出種種求群求食的噪叫的聲音。更加上夜夜常起的狂風，好像要把一切都給颳走。這時有如身在荒原，所有精神方面所體驗的，物質方面所得獲的，都失卻了功用。使人想到海上的颶風，寒帶的雪潮，自己一點也不能作主。風聲稍息，是野狗的噪聲，野狗聲音剛過去，松林裏又起了濤浪。這風夜中的噪聲對於當時的那個村落，一定也是一種威脅，尤其是對於無眠的老人，夜半驚醒的兒童和撫慰病兒的寡婦。

在比較平靜的夜裏，野狗的野性似乎也被夜的溫柔馴服了不少。代替野狗的是麀子的嘶聲。這溫良而機警的獸，自然要時時躲避野狗，但是逃不開人的詭計。月色朦朧的夜半，有一二獵夫，會效仿麀子的嘶聲，往往登高一呼，麀子便成群地走來。……據說，前些年，在人跡罕到的樹叢裏還往往有一隻鹿出現。不知是這裏曾經有過一個繁盛的鹿群，最後只剩下了一隻，還是根本是從外邊偶然走來而迷失在這裏不能回去呢？反正這是近乎傳說了。這美麗的

獸，如果我們在莊嚴的松林裏散步，它不期然地在我們對面出現，我們真會像是 Saint Eustache 一般，在它的兩角之間看見了幻境。

　　兩三年來，這一切，給我的生命許多滋養。但我相信它們也曾以同樣的坦白和恩惠對待那消逝了的村莊。這些風物，好像至今還在述說它的運命。在風雨如晦的時刻，我踏着那村裏的人們也踏過的土地，覺得彼此相隔雖然將及一世紀，但在生命的深處，卻和他們有着意味不盡的關連。

一九四二年，寫於昆明

（選自《馮至選集》2卷，成都：四川文藝出版社，1985年）

著者簡介

老舍（1899–1966）

原名舒慶春，字舍予。因生於立春，取名「慶春」，意為前景美好。上學後，自己更名為舒舍予，意在「捨棄自我」。現代小說家、作家。老舍的語言俗白精緻，他自己說：「沒有一位語言藝術大師是脫離群眾的。」因此，在其作品中，一腔京味兒，很是動人。

代表作品：《駱駝祥子》、《四世同堂》等。

郁達夫（1896–1945）

原名郁文，字達夫，幼名阿鳳，浙江富陽人。中國現代著名小說家、散文家、詩人。他在文學上主張「文學作品，都是作家的自敍傳」，具有濃厚的浪漫主義傾向。

代表作品：《沉淪》、《故都的秋》、《春風沉醉的晚上》等。

蕭乾（1910–1999）

原名蕭秉乾、蕭炳乾。北京人，蒙古族。著名作家、記者和翻譯家。1935 年畢業於燕京大學。曾任職於《大公報》，採訪過歐洲戰場、聯合國成立大會、波茨坦會議、紐倫堡戰犯審判。晚年寫出了三百多萬字的回憶錄、散文、特寫、隨筆及譯作。

代表作品：《籬下集》、《夢之谷》、《人生採訪》等。

魯迅（1881–1936）

浙江省紹興人。原名周樹人，字豫才，小名樟壽，至 38 歲，始用魯迅為筆名。文學家、思想家。1918 年發表首篇白話小說《狂人日記》，震動文壇。此後 18 年，筆耕不綴，在小說、散文、雜文、散文詩、舊體詩、外國文學翻譯及古籍校勘等方面貢獻卓著，創作的眾多文學形象深入人心。他的作品有不朽的魅力，直到今天，依然擁有眾多讀者。

代表作品：《朝花夕拾》、《吶喊》、《彷徨》等。

周作人（1885–1967）

原名櫆壽，字星杓，後改名奎綬，自號起孟、啟明、知堂等。魯迅之弟，周建人之兄。周作人精通日語、古希臘語、英語，並曾自學古英語、世界語。其致力於研究日本文化五十餘年，深得日本文學理念的精髓。其筆觸近似於日本傳統文學，以溫和、沖淡之筆，把玩人生的苦趣。

代表作品：《藝術與生活》、《苦竹雜記》等。

茅盾（1896–1981）

原名沈德鴻，字雁冰，浙江嘉興桐鄉人。中國現代著名作家、文學評論家、文化活動家和社會活動家，五四新文化運動先驅者之一。茅盾用一支筆描繪出舊中國人們的生存狀態，塑造出一個個栩栩如生的人物形象，真實再現了歷史變革時期的社會風貌。他臨終前將 25 萬元稿費捐出設立文學獎，是我國長篇小說創作最具影響力的獎項之一。

代表作品：《子夜》、《風景談》等。

柯靈（1909–2000）

原籍浙江紹興市斗門鎮，生於廣州，原名高季琳，筆名朱梵、宋約。當代著名作家、散文家和電影文學家。最早以散文步入文壇，其成就最大，影響最廣的也是散文。他的散文將古代文人之韻風與現代作家之思察融為一體，詞采飛揚、耐人咀嚼，堪稱散文之大家。

代表作品：《龍山雜記》系列，《柯靈電影劇本選集》等。

王統照（1897–1957）

字劍三，筆名息廬、容廬。現代作家。山東諸城人。與鄭振鐸、沈雁冰等發起成立文學研究會。

代表作品：《春雨之夜》、《山雨》等。

俞平伯（1900–1990）

原名俞銘衡，浙江德清人。清代朴學大師俞樾曾孫。現代詩人、作家、紅學家。與胡適並稱「新紅學派」的創始人。俞平伯出身名門，早年以新詩人、散文家享譽文壇。

代表作品：《槳聲燈影裏的秦淮河》、《陶然亭的雪》、《西湖的六月十八夜》等。

朱自清（1898–1948）

祖籍浙江紹興，原名自華，字佩弦，號實秋。中國現代文學史上傑出的散文家、詩人。21 歲開始發表詩歌並出版詩集。27 歲時執教於清華大學，研究中國古典文學，創作則以散文為主。其散文名篇膾炙人口，是真正深入街頭巷尾的文學經典，被譽為「天地間至情文學」。

代表作品：《背影》、《你我》、《歐遊雜記》等。

鍾敬文（1903-2002）

原名鍾譚宗，廣東汕尾海豐人。中國民俗學家、民間文學大師、現代散文作家，被譽為「中國民俗學之父」。

代表作品：《荔枝小品》、《西湖漫話》、《湖上散記》等。

豐子愷（1898-1975）

浙江嘉興石門鎮人。原名豐潤，又名仁、仍，號子顗，後改為子愷，筆名 TK，以中西融合畫法創作漫畫而著名。其自幼愛好美術，後師從李叔同，也因此結緣佛學，故鄉居所命名「緣緣堂」。「一片片的落英，都含蓄着人間的情味。」（俞平伯評）

代表作品：《緣緣堂隨筆》、《畫中有詩》等。

秦牧（1919-1992）

廣東省澄海縣人。現代作家。20 世紀 30 年代末開始發表作品。寫作範圍頗廣，但以散文為主。他的文章搖曳多姿，光彩照人。藝術特徵鮮明，風格獨具，與眾不同。秦牧散文特點之一，是言近旨遠，哲理性強。

代表作品：《土地》、《長河浪花集》等。

孫犁（1913-2002）

原名孫樹勛，河北省衡水市安平人。現當代著名小說家、散文家，「荷花澱派」的創始人。他的作品清新自然、樸素洗練、柔中寓剛、鮮明秀雅，有一種不可多得的文人氣質。

代表作品：《荷花澱》、《風雲初記》等。

葉聖陶（1894–1988）

原名葉紹鈞，字秉臣，後字聖陶。江蘇蘇州人。著名作家、教育家、文學出版家和社會活動家，有「優秀的語言藝術家」之稱。他的散文或寫世抒情，或狀物記人，或議事說理，一般都有較為深厚的社會人生內容和腳踏實地的精神；藝術上則主要顯示出平淡雋永的情趣和平樸純淨的語言風格。

代表作品：《隔膜》、《腳步集》等。

陸蠡（1908–1942）

浙江天台人。學名陸聖泉，原名陸考原。現代散文家、革命家、翻譯家。資質聰穎，童年即通詩文，有「神童」之稱。巴金認為他是一位真誠、勇敢、文如其人的作家。

代表作品：《海星》、《竹刀》、《囚綠記》等。

沈從文（1902–1988）

原名沈岳煥，湖南鳳凰人。現代著名作家，中國 20 世紀文學巨人，曾兩度被提名為諾貝爾文學獎候選人。生長於湘西邊城，後有軍戎歲月。文字單純質樸。與才女張兆和的愛情書信，字字珠璣，伉儷情深。

代表作品：《邊城》、《湘行散記》等。

賈平凹（1952– ）

原名賈平娃，陝西省丹鳳縣人。當代文壇屈指可數的文學大家和文學奇才，具有廣泛影響力。

代表作品：《秦腔》、《懷念狼》等。

何其芳（1912-1977）

重慶萬州人。原名何夜芳。現代詩人、散文家、文學評論家。他的作品雖產量不豐，但具有鮮明的個人特色及藝術價值，文字創造出一種「純粹的柔和、純粹的美麗」，近乎唯美主義傾向。

代表作品：《畫夢錄》、《還鄉日記》等。

馮至（1905-1993）

原名馮承植，直隸涿州人。詩人、翻譯家、教授。馮至的詩歌、小說與散文均十分出色，魯迅先生曾稱譽他為「中國最為傑出的抒情詩人」。

代表作品：《昨日之歌》、《十四行集》等。

課堂外的讀本系列

陳平原、錢理群、黃子平　編